秦淮之夜

しんわいのよる

[日] 谷崎润一郎——著

徐静波——译

Tanizaki Jun'ichirō

浙江出版联合集团
浙江文艺出版社

目录

总序（施小炜） / 001

中国旅行 / 001
南京夫子庙 / 002
秦淮之夜 / 003
《苏州纪行》小序 / 029
苏州纪行 / 032
中国观剧记 / 055
西湖之月 / 061
庐山日记 / 086
中国的菜肴 / 096
中国趣味 / 103
上海见闻录 / 107
上海交游记 / 116

译后记 / 158

总序

施小炜

曾经有一位不可一世的罗马人恺撒（Julius Caesar）留下过这么一句豪言壮语：我来到，我看见，我征服。(Venio, video, vinco.)“来”也罢，“看”也罢，都不打紧，然而来和看的目的倘不是援助、投资或观光游览，而是征服，则以今天后殖民后冷战时代的眼光视之，自然不免会感到帝国主义的血腥。事实上，那个时代的罗马人大抵都是帝国主义者，置帝国的利益于万物之上，嗜爱征服别人。也许惟因如此，恺撒的这句话才会被奉为金言备受推崇广为流传，以至于时至今日居然仍未湮灭。甚至在早已打入我国市场多年的万宝路（Marlboro）香烟盒的标志中，居然也赫然印着这句话，只是写作完成时：Veni, vidi, vici.即“我来了，我看了，我征服了”。

其实恺撒语录的原版才更加意味深长呢。然而这位罗马统帅在忙着厮杀征服之余，倒也没忘记有效利用晚间就寝之前的时间，写下了一部《高卢战记》(Commentarii de Bello Gallico)。而这部书，从某种意义上说，恐怕不妨视为一种游记。若依今人的价值观，也许应将恺撒的名言改说成："我来，我看，我写（vigilo）。"改 vinco 作 vigilo，仅仅一字之易，便将话者由威风凛凛的三军统帅降格为普普通通的一介游客，尽管失去了许多英雄气概，却也平添了一缕和平与温馨，岂不可爱？ 而名高千古的《高卢战记》也大可更名为《高卢游记》(Commentarii de Itinere Gallico) 了。——此乃戏言。不过事实上，征服这一行当固然英雄无比，但鲜见能够维持得恒久。君不见，昔日曾为罗马军团所征服的土地上，如今崛起了一个个强大富足的国家，倒是称霸一时的罗马帝国却早已灰飞烟灭了。反观搦管弄文，尽管显得孱弱，却似乎远较策马横刀杀气腾腾的征服更受到永恒的青睐：连今天我们认识恺撒其人，难道不也是仰赖写在纸烟盒上的一句"名言"，以及一部《高卢战记》吗？亦即是说，对于生活于现代的我们而言，恺撒建立在南征北战杀人如麻之上的盖世英名，已经毫无（当时所曾具有过的）意义；如若说今天恺撒对我们还有一点影响的话，那这种影响只是通过他作为副业而遗留下来的著述（écriture）来实现的。

闲话休提。游记的历史便是这般地古老——尽管我们不敢也不必武断地强辩《高卢游记》，不不，《高卢战记》便是游记的起点。曲园居士俞樾在为东国文士竹添进一郎（井井居士）《栈云峡雨日记》所撰的序文中说："文章家排日纪行，始于东汉马第伯《封禅仪记》，然止记登岱一事耳。至唐李习之《南行记》、宋欧阳永叔《于役志》，则山程水驿，次第而书，遂成文家一体。"主张中国的游记始于东汉，成于唐宋。然而游记的最盛期，无疑是在人类迈入了科学技术神速进步的现代文明社会之后。交通手段的发达，使得从前被目为难于登天的畏途变成了坦途，人们的活动范围扩大，异域间的往来费时减少，为游记的繁盛预备了物质基础。至少在日本是如此的，而日本人的访华游记则更是如此。众所周知，日本与中国的交往，日本人的来华留学、经商，乃至做官，原是古已有之的事情。然而访华游记以惊人的数量大举问世，却是在1868年的明治维新以后。仅仅是东京的东洋文库一家，其所收集的明治以降日本刊行的访华游记，就多达四百余种，而这据说不过是"九牛之一毛"。至于这期间日本人究竟写下了多少这类书籍，其总数迄今仍无确切统计。访华游记的作者群，除却文人学者之外，还包括了教师、学生、商人、宗教家、出版人、社会活动家，以及军人、政客，纭纭纷纷，鱼龙混杂。有的是匆匆过客，蜻蜓点水走马观花；有的则是“此间乐，不思蜀”，长期体验长期观察。既有寻幽探胜，寄情水光山色；也有访朋拜友，评骘人事、政治。沉湎于怀古幽情，凭吊古迹、追思古人者有之；留意于民风世情，将视点照准当代社会变迁者亦有之。诸体咸备，蔚为壮观。

游记可以说是一个发现过程的记录。“来”和“看”，是游记的原料积累，而“写”，则是游记的生产行为。作者从他自己所熟悉的日常之中走出，来到一个于他而言是非日常的空间，在这里，他看到了许多人、许多物、许多事，有的似曾相识，有的令他惊异，所有这一切——都会引起他的感慨与思索。而他之所以会在面对种种所见所闻时表现出不同的反应，乃是因为他心中有一个参照系(frame of reference)存在着。映入眼帘的一切，全都投射在他心中的参照系上，他据此做出价值的判断，或喜或嗔，或欣然接纳，或嗤之以鼻。这个参照系，是他长期生活于斯、成长于斯的那个环境、那个文化、那个传统在他不知不觉之中赋予了他的，而他往往甚至不曾意识到这一参照系的存在，却无时无刻不在运用它。换句话说，向游记——其实不独游记——期冀客观，不啻缘木求鱼。但凡被记录下来的，都是选择的结果。而选择这一行为，正是一种主观活动。哪怕写的是风景，是一座建筑，是一草一木，那都是经过了作者的双眼甄别，经过了他心中的参照系过滤过的；而他的双眼本是教育的产物，则那个参照系可以说是一个民族文化传统的凝缩。

因此，我们移译介绍日本人所写的访华游记，就具备了双重的意义。首先，阅读这些游记，有助于我们了解那个时代的中国与中国人，或者说作者眼中所见的那个时代的中国和中国人。这对于我们中国人认识自己、理解自己，应当是有百利而无一弊的——即使面对的是哈哈镜，我们也可以从变了形的身影中，看到遭了扭曲的优点，增进对自己的信心；或发现被夸张了的缺点，了解自己阿喀琉斯脚踵（Achilles' heel）的所在，从而思谋自强自卫的方策。引用一句曾经十分流行、几乎人人耳熟能详的名言，那便是："忘记了过去便意味着背叛。"历史是无法抹消的，因为它并不因为我们无视它便不存在，而今天与明天其实也无非是历史的进行时与将来时。

其次，阅读这些游记，我们还可以反过来认识那个时代的日本和日本人。因为如前所述，观察者（旅人、作者）的目光总会从被观察、被描述的对象身上反射回来，将他自己投影在阅读的地平线上；作者自身，他的民族身份（identity），无可避免地要折射在他的游记里。

而从社会历史的见地去看，这些游记可以说从普通庶民的个人层面上，反映出那个时代中日两国，以及周边有关各国之间的关系，有助于我们正确地、具体地认识和理解那一段历史。

然而如果一味强调这样一种实用性的认识功能，则势必使游记萎缩成为单纯的历史资料。而其实，不言而喻，游记更应该是文学。虽然说学而时习之不亦乐乎，但我们的目的并不在于翻译教科书。出于这样的考虑，在卷帙繁多的游记文字中，我们将焦点聚集在了以著述为职业的文人们的作品上。此次移译的几部作品，其作者有小说家，有诗人，还有学者与报人，都是当世的巨擘俊逸，不惟才情过人，更兼见识出众，其思想、言说，都具有相当的代表性与影响力。而他们的文字，或隽永或犀利，很有可读性。

《禹域鸿爪》的作者内藤虎次郎，号湖南，1866 年生于日本东北部秋田县的一个武士家庭，1934 年去世。此人少时便有神童之誉，十五岁时，曾被选为学校代表，以汉文作了一篇“奉迎文”，欢迎当时的日皇明治，文辞华美，令满座震惊，被誉为“名文”。但因家境败落，学业难以为继，只得就读于免除学费的秋田师范学校。由于成绩优秀，按规定应学四年的课程，他仅用了两年便全部读完。毕业后，尽义务做了两年小学教员，还毕学费的债，他便“雄飞”到了东京，做过记者，当过政界人物的秘书，1897 年赴其时已沦为日本殖民地的台湾，任《台湾日报》主笔，后又在当时的媒体巨子《万朝报》和《朝日新闻》供职。1907 年成为京都帝国大学讲师，但因学历低，受到文部省官僚的排斥（据说当时的风气是，倘非大学毕业的学士，纵是孔老夫子也无资格去做大学教授），两年之后方被任命为教授。由于他和狩野直喜等几代学者的努力，京都大学终于成为日本汉学研究的圣地，在国际汉学界中也享有很高的声誉。湖南生前曾多次来华访游，而《禹域鸿爪记》①乃首次访华归国后写就，1900 年由东京博文馆出版。

内藤湖南于 1899 年 9 月 5 日从神户登舟，经芝罘入境，旋又买舟北上，在大沽登岸，游天津、北京后，折返天津取海路南下，在上海上陆后游览了杭州、苏州，再从上海溯江而上，游历了武汉、南京之后再度返回上海，泛海东归，于 11 月 29 日返抵神户，前后历时近三个月。在北京，他登览长城，在杭州，他泛舟西湖，在苏州则探访了虎丘、寒山寺，走的是典型的日本人所喜爱的旅游路线。但除了游山玩水，他还在天津、上海等地分

① 编者注：收入本丛书《禹域鸿爪》一书。

别拜会了严复、王修植、蒋国亮、文廷式、张元济等名流，谈天说地议论时局，表现出对中国现状的关心。

与内藤湖南相比，谷崎润一郎、佐藤春夫和芥川龙之介三人皆以小说名世，并各自有作品被译成中文介绍到中国来，因而在国人中的知名度似乎要高一些。

谷崎润一郎，1886 年生，东京人，1965 年去世。少时家境贫寒，几至辍学，但因才华过人，周围的亲朋怜惜有加，解囊资助，方得以考入东京帝国大学，但终因滞纳学费，三年级时被勒令退学。谷崎曾两度来华。第一次是在 1918 年 11 月，谷崎经由朝鲜半岛进入中国，由北向南，历时约两个月，游历了江南一带，回国后写下《苏州纪行》，表现出对中华文明的倾倒和对中国社会现实的关切。1926 年 1 月至 2 月间，谷崎再度来华，这次他只游览了上海一地，结识了内山完造，并经内山介绍，结交了郭沫若、田汉、欧阳予倩等一批作家和影剧界人士，与他们进行了多次交流，归国后写了《上海交游记》等文。值得一提的是，在《苏州纪行》中，对在中国人面前骄横傲慢的日本同胞，谷崎毫不犹豫地表示了不悦和批判，与同时代的一些作家相比，可说是难能可贵。而《上海交游记》也记录了郭沫若、田汉慷慨陈词、控诉西洋列强鱼肉中国、倾吐身为中国青年的忧虑与苦闷的场面，并对之表示了同情。

除了这些游记，中国之行还带给了谷崎创作灵感，结晶于《西湖之月》《秦淮之夜》《鹤唳》等一批作品之中。始终以罗曼蒂克的、充满温馨善意的目光审视中国，这是谷崎润一郎有别于他人的特征。

与绝大多数日本游客不同，佐藤春夫 1920 年 6 月下旬来华时，他的目的地不是京津、苏杭等观光热点，而是日本游客相对而言较少涉足的厦门。佐藤春夫是由当时业已沦为日本殖民地的台湾打狗（今高雄）乘船来到厦门的，由一位在厦门长大、在台湾工作、会说日文的郑姓青年导游，游历了厦门、鼓浪屿、集美、漳州等地。在佐藤的笔下，厦门客店里的经历宛似侦探小说，鹭江的晚霞美不胜收，而饮酒、赏月的夜生活也被描绘得引人入胜。一曲《开天冠》所引发的对中国传统音乐独辟蹊径的议论与阐释，则充分展示了作者诗人的一面。漳州之行的所见所闻，对陈炯明在漳州所作所为的介绍，虽然难免道听途说、管窥蠡测之虞，但仍有助于读者了解往往为近代史主流研究所忽视的一段史实。这些见闻均记录在《南方纪行》一书中，1922 年由新潮社出版于东京。

佐藤春夫 1892 年出生于和歌山县，庆应大学中退。

中学毕业后曾入盟由与谢野铁干、晶子夫妇领导的著名的“新诗社”，直接受到两位大诗人的熏陶。早年学写诗，后来则主要创作小说，但终生不曾放下诗歌创作的笔，《殉情诗集》是一时洛阳纸贵的名篇。他与谷崎润一郎本是朋友，过从甚密，但一来二往之间，却苦恋上了谷崎夫人千代子。1930 年 8 月，谷崎、千代子、佐藤三人联名致函各位友人，宣布千代子与谷崎离异，同相思了多年的佐藤结婚，这便是轰动一时的“谷崎让妻”事件。《南方纪行》中所收的《朱雨亭其人及其他》一文中所谓“与有夫之妇，且是朋友之妻的女人堕入情网”，说的便是此事。敢于做出这种当时被视为“不道德”的行为，可见三位当事人的不为传统道德观念所束缚的勇气。佐藤基本上不失为一个独立思考的自由知识分子，也很热爱中华文化，他还曾出版过一部很有影响的译诗集《车尘集》，译的全是中国古典诗歌。他也是鲁迅的小说《故乡》的第一位日文译者。但在战争期间，佐藤春夫还是表现出在作为文学家之前他首先是个“日本人”。他甚至写过类似“劝降书”的文章，劝告中国人放弃“先进文明同化后进文明”、历史会重演的幻想，说这次不同于以往，日本人乃是带来先进文明的征服者云云，为自己涂抹下了洗刷不掉的人生污点，而这也是那一时代大多数日本人难以逃脱的宿命。

周公恐惧流言日，王莽恭谦未篡时。想到这一点，不禁在感慨认知、评价历史人物困难的同时，也感到历史人物处于强大外力压迫下人生营为的不易；甚至会觉得像芥川龙之介那样以非自然的方式中断生命，从避免了要与自己祖国发动的侵略战争进行合作，从而逃脱了要面对后人道德断罪的尴尬这一角度来看，竟不失为一种至福。

芥川龙之介，号澄江堂主人、我鬼、夜来花庵主等，1892 年生于东京，1927 年服过量安眠药自杀。此人素有短篇圣手之誉，俳句也写得臻于化境；早在东京帝国大学英文科就读时，就以短篇小说《鼻子》获得文坛盟主夏目漱石的激赏，一生留下了大量珠玉之作。芥川于 1921 年作为《大阪每日新闻》（《每日新闻》的前身）社的海外视察员来华访问，由海路自上海入境，周游江南一带后，溯江而上，遍访芜湖、九江、武汉、长沙，再驱车北上，游历京津一带，最后经由朝鲜半岛回国。一部《中国游记》(改造社 1925 年出版于东京)，记录了这次历时四个月的漫游中的见闻与感受，处处表露出作者的博学和睿智，以及对现实的敏锐洞察。最引人注目的，还是芥川对当时英美帝国主义在中国飞扬跋扈的揭露，而这在同时代的游记中，是少有具体言及的。

村松梢风可以说是以上海为卖点（selling point），赖写上海而赢得文名，并因写上海而为后世所记忆的作家。尽管他也写过不少小说，但其最著名的作品，恐怕还是以《魔都》为代表的一批描写上海各色人等的生活形态的游记。村松1889年生于静冈县，1961年去世。本名义一，梢风是他的号。1923年他第一次来上海旅行，即被上海的魅力吸引，从此几乎每年都要造访中国，发表了许多以中国大陆为舞台的散文和小说。他称光怪陆离、妖艳多姿的二十世纪二十年代的上海为"魔都"，并以此为题于1924年出版了第一部关于上海的著作，以充满好奇的目光观察赌徒、娼妇们的生态，强调东西文化大熔炉上海的异国情调。梢风描绘的上海形象影响、吸引了好几代日本人，他所杜撰的"魔都"一词，在日本遂成为旧时代上海的代称。梢风还出版过《新中国访问记》（1929）、《热河风景》（1933）、《中国风物记》（1941）等多部访华游记。

在这些出自日本人之手的游记作品中，我们会读到一个有趣的现象，即作者们在众口一词地对中国的传统文明、文化遗产表现出莫大的倾倒与敬佩的同时，又几乎无一例外地对中国的社会现实投以批判的眼光，甚至露骨地表露出厌恶，言辞有的还会相当尖刻。这类厌恶与尖刻的深层，固然不无挤入列强之列、做上了“一等国”人民的日本人日益膨胀的民族优越感，以及产生于这种优越感的对邻人的不逊与轻侮——而这其实正是我们的历史学家们每每爱说的“一小撮军国主义分子”“狼子野心”能够得逞的群众基础。倘使罗马帝国里只有恺撒等“一小撮人”是帝国主义分子的话，则那个庞大的罗马帝国恐怕根本就不可能在历史上出现。但平心而论，当时的中国鬼蜮横行，腐败成灾，饿殍遍野，民不聊生，差不多已经到了穷途末日，原是有目共睹的事实，不论这双目是生于华胄的脸上，还是长在夷狄的额下，也不论其眸子是黑色的还是蓝色的，抑或是别的什么颜色。记得从前读郁达夫先生的游记，其中也有这样的文字：“江南的风景，处处可爱；江南的人事，事事堪哀。”“江南原说是鱼米之乡，但可怜的老百姓们，也一并的作了那些武装同志们的鱼米了。”“这十余年中间，军阀对他们的征收剥夺，掳掠奸淫，从头细算起来，哪里还算得明白？”“逝者如斯，将来者且更不堪设想，你们且看看政府中什么局长什么局长的任命，一般物价的同潮也似的怒升，和印花税地税杂税等名目的增设等，就也可以知其大概了。”这篇题为《感伤的行旅》，作于1928年底，即芥川来游的八年之后，梢风访沪的五年之后。“这十余年中间”云云，可知达夫先生所意识的中国现实，应与梢风、芥川等人所目睹的现实相交叠。而深谙国情的达夫先生在发完牢骚之后，也没忘记自我解嘲两句：“啊啊，圣明天子的朝廷大事，你这贱民哪有左右容喙的权利！”然而解嘲归解嘲，面对这样黑暗污秽、腐朽透顶的现实，作为身受其害的当事人，我们中国人自然无法视若无睹，甚至琢磨着要用革命这一最激烈最暴力的手段去改变它——芥川龙之介来华的1921年，正是中国共产党在上海宣告诞生的那一年——莫非我们反倒真的要求外国人“且细赏赏这车窗外面的迷人秋景罢，人家瓦上的浓霜去管它作甚？”（《感伤的旅行》）甚至还要人家来为这黑暗的现实跌足叫好方才心满意足么？这样的心态岂不荒谬可笑？

最后还有一点需要在此略加说明。我们的译本中所用的“中国”一词，原文中几乎无一例外统统写的是“支那”。我们认为，中文里从来不曾有过“支那”一词，因为它不是中文，故此需要翻译。日本用“支那”作为正式名称称呼中国，当始于1911年辛亥革命成功、中华民国建立之后。在此之前则称中国为“清”“清国”。至于非正式地称中国人为“支那人”，则要更早一些。由于日本同中国一样，也使用汉字，所以中国的国号可以直接以汉字名称通，如“唐、宋、元、明”。何以到了“中华民国”时，日本一改以往直接使用汉字原名的习惯做法，别出心裁地要另外替中国取名“支那”（甚至在外交文书中，当时的日本政府也称中国为“大支那共和国”，而不用中国自己的汉字国号）呢？ 这恐怕是因为此时自以为国力已足够强大的日本，无法容忍中国继续妄自尊大，自命为世界中心之国的缘故。而“支那”一词，乃是模拟西文的译音。如英文的China，法文的Chine，德文的China，意大利文的Cina，西班牙文的China之类，据说原是中国古称“秦”的讹音。盖国与国的交往一如人与人的交往，尊重对方应是礼尚往来的前提。而以对方自己为自己所取的名字呼称对方，则是最起码的礼貌。倘若对方自名“张三”，而我们偏偏不称他“张三”，而是蛮横地硬呼之为“李四”，甚至“王八”，那么显然是有意污辱对方，毫无友好交往的诚意。而当时的日本官方，无疑是缺乏与中国友好往来的诚意的。至于连普通的日本百姓也人人称中国为“支那”，则只能说明“广大的日本人民”在这一点上也是不假思索地响应了政府的政策了的。当然，应当庆幸这一切都已经变成了历史。但不可不注意的是，时至今日，在日本仍然有那么“一小撮人”，犹自坚持以“支那”称呼中国。而日语中东中国海（East China Sea）、南中国海（South China Sea）的正式名称仍然为“东支那海”和“南支那海”，只是不再使用“支那”这两个汉字，改以片假名代替而已。我们愿意能有更多的国人正确地认知这一事实。

作为译者，我们希望我们的译作能够为我们中国人正确地认识自己提供一点线索。同时也希望，它们能够为真正的理性的中日友好做出微薄的贡献。但我们最希望的，还在于能够为诸位读者在劬劳之余，带来阅读的乐趣。

1998年10月于呷奔国暗疏乡

中国旅行[1]

我自十月九日从东京出发，在中国整整旅行了两个月。途中的行程自朝鲜经中国的满洲抵北京，又自北京坐火车去汉口，从汉口沿长江南下，在九江停留然后登庐山，又返九江，再是自南京向苏州，苏州经上海，自上海去杭州然后再返回上海，最后自上海归返日本。

有人问我其中何处最有意思，我自己比较喜欢的是南京、苏州、上海这一带。那一带从北方看来景色非常秀美，树木茂盛，人也长得漂亮。火车设施等也相当不错，气候也甚为宜人。我到南京去正好是十月二十日前后，秋蝉还在鸣叫。杨柳依然如春天般地妩媚多姿，给人一种难以言状的快适感。越往南方走，就越舍不得在朝鲜、中国的满洲一带花钱。以后想在春季再度去中国一游。

（十二月十九日）

---

① 译者注：此篇原载大正八年(1919 年)二月号《雄辩》，此处译自《谷崎润一郎全集》第二十三卷，中央公论社 1983 年版。（书中脚注除特别标明外，均为译者注。）

南京夫子庙[①]

卷头照片中的夫子庙位于南京市区南边的最繁华的地段。流经夫子庙前的河便是有名的秦淮河，据传是往昔秦始皇开建的运河。从各地来的装满了货物的船只经长江驶入此运河，在此附近装卸。在沪宁铁路已开通的今日，此地依然非常兴盛。

孔子庙最近成了兵营，无法入内，不过在庙前河边的空地上，像常年市场似的排列着各色各样的露天摊店，有表演玩蛇的，有在临时搭的戏棚中演戏的，从白天开始就粉墨登场，有点像浅草公园，总是挤满了人。照片中的船称为画舫，状如日本的屋形船。人们将很多艺妓叫入此船中，让她们弹琴唱歌，一边品菜饮酒，一边将船摇往各处，整天喧闹非凡。也就是说，这一带是南京的小巷，两边鳞次栉比地汇集着各式饭馆和妓院。

---

① 此篇原为卷头照片说明。

秦淮之夜①

下午五点半回到了石板桥南的日本人经营的旅馆后，觉得今夜的月色这么好，一个人就这样闷在旅馆的二楼有点可惜。再想到秦淮河一带去逛逛的欲念强烈地涌上心来，于是洗了澡之后，重又雇了导游，叫了两辆人力车。

“可是饭已经做好了，吃了饭再出门吧。”

女仆不知我要到哪里去，睁大了眼睛不解地说。

“不了，饭在外面吃。今夜去尝一下中国菜。”

我顾不得女仆的话，换了西服后下了二楼的楼梯。

“先生，今夜吃中国菜吗？”导游看着我的脸笑嘻嘻地说。导游是一个三十七八岁、日本话说得挺不错的中国人。他相当了解日本人的喜好，是一个很灵巧、讨人喜欢的导游，听说不久要到日本去做陶器生意。这次的

---

① 此篇原载大正八年(1919年)二月号《中外》、三月号《新小说》杂志，此处译自《谷崎润一郎全集》第六卷，中央公论社1981年版。

中国之行，我一直对导游的敷衍和滑头感到很不快，这位中国导游是个例外。他多少有点文字上的素养，因是本地人，所以对这一带的传说、历史都颇为谙熟，比那些无知的日本导游不知要强多少了。而且对方是中国人，客人也不必过于顾忌，要去些出格的地方玩反而方便。不要以为中国人都是些刁钻耍滑的人，要是在日本人经营的旅馆里请他们找一个信赖可靠的导游的话，那人就一定是中国人。

“找一家什么中国菜馆呢？这一带倒也不是没有……”

“这一带没意思，我们再到秦淮河那边去看看怎么样？”

于是两辆人力车，导游的那辆在前面，沿着旅馆前的大街一直往南行去。

外面暮色已浓。和日本的城市不一样，在中国，北京也好南京也好，一到夜晚就非常冷清。街上既无电车行驶，也无明亮的路灯，一片寂静，每户住家都被厚重的墙壁或石垣围了起来，看不见一扇窗户，窄窄的门扉都由门板关闭得紧紧的，从里面透不出一丝亮光。即便是东京的银座大街那样繁华的地方，到了六七点钟大概很多商店都已打烊关门了，更何况这里旅馆附近都是一户户的住家，才不过过了六点的光景，人迹杳然的街上已恍如深夜一般冷森森的。月亮似乎还没升起来，天空中不巧有很多乱云飘浮，好像看不见原先期待的月夜景色了。只有我们乘坐的人力车发出“咯噔咯噔”的低沉的声音（中国的人力车很少有橡胶轮胎），划破了四周的冷寂，此外，也就偶尔有单匹马拉的马车发出“嘚嘚”的马蹄声从对面驶过。那马车的车灯也就才照亮地面一尺左右的地方，车厢里仍是漆黑一片，从一旁驶过时，玻璃窗户在黑暗中忽地闪出光来，便立即又驶了过去。

人力车从庐政牌楼的四角处向左一拐，驶入了更加幽暗冷僻的街巷。两边耸立着墙面剥落的高大的砖墙，街路一拐一弯曲曲折折，人力车就在这迂回曲折的街巷中行走。两边的围墙仿佛把我们夹在中间要压迫过来似的，令人感到几乎要与墙面相撞在一起了，不觉有点胆战心惊。要是把我抛置在这样的地方的话，恐怕我折腾一夜也回不了旅馆吧。走出了围墙相逼的深巷，前面豁然出现了一片空地，在四方形与四角形的墙面之间，仿佛是拔掉了牙似的有一片空间扩展开来。犹如烧毁后的废墟一般，隆然堆积着一片瓦砾，还有一片不知是水塘还是古池的积水。在中国的都市里，市区中有空地虽也并非罕见，但南京尤多。白昼经过的肉桥大街北侧的堂子街附近等处，有很多的水塘，有好几只鹅在水里凫游着。也许正是这样的地方，才使得旧都之所以成为旧都吧。

走了一段路程后，又进入了一条宽广的大街。说是宽广，也就勉强与日本桥①的街道宽度差不多。从两边房屋的模样来看像是商店，但没有一家亮着灯光。再一看，路中央立着一座牌楼，白色的板上写着“花牌楼”几个字，透过夜色依稀可以看清。

“这边的街路叫作花牌巷罢？”

我从车上扯大了嗓门问导游。

“从前这座城市为明朝的都城时，这儿是为宫中的宫女、官吏做衣服的裁缝们居住的地方。那时到这里来的话，家家户户的裁缝们都展开美丽的衣裳，用各种各样的绢丝绣着漂亮的花。因此这儿称为花牌巷。”

那中国导游从前面的车上大声地回答说。

他这么一说，不知为什么这幽暗的街巷一下子变得亲切起来。现在是否仍有这样的裁缝在灯火下展开灿烂华丽的衣裳，执着地舞动着精巧的绣花针呢？……

我正沉湎于这样的空想中时，车已经经过了太平巷、柳丝巷，驶过了四象桥。秦淮的孔庙也就在这附近了。这里白天也曾经过，但经过了哪里，从哪里路过，一点都无头绪。路又窄了起来，车一会儿通过围墙逼仄的小巷，一会儿穿过一片空地，只记得沿着右边有绵延不绝的高墙的

① 日本桥，位于东京都中央区，初建于庆长八年(1603年)，自江户时代以来已成为商业和交通的中枢，目前是东京中心地区之一。

街巷，一会儿右转一会儿左转，总算驶出了姚家巷，来到了秦淮河岸边的街上。孔庙在这条街上前两三百米的地方。白天这里非常热闹，参拜的男女人流如织，有卖小吃的卖水果的卖杂货的各种小摊，有表演杂耍的，玩大蛇的，一长溜地紧紧相挨。但听说这个时候警察要来管，到了六点钟左右，小摊小贩、杂耍艺人等都撤走了。夜里这样冷清，似乎是因为革命骚动而有很多军队进来的缘故。据人们说，现在在中国最吵闹的是军队。就我自己的经验而言也是这样，一般的平民性格极其温和，从未见过粗暴蛮横的人。令人讨厌的惟有军队。北京也好天津也好到处可见军队的影子，到了夜里在街上成群结队地游荡。明文规定只有士兵可以免费到剧场和妓院去游乐，自然别的客人就退避三舍了。因此，军队飞扬跋扈的城市，商业闹市区就萧条冷落。虽说有革命骚动，但这一带眼下相当太平，真不明白为何要在这里派驻军队。他们只是将市内的名刹伽蓝占为兵营，突然搅乱了民心而已。在这类地区中，像南京这样要算是最倒霉的城市了吧。

但是看来只有饭店是任何人都不能免费入内的。从利涉桥的桥堍直至贡院西街的拐角的两三百米街上，鳞次栉比地开着一家家南京一流的饭馆，一直营业到夜深。我们的人力车停在了其中一家名曰“长松东号”的饭馆前。

“到里边去看看吧。这里是真正的南京菜。”

说着导游先踏进了门。里面比外面要出乎意料地漂亮。中央有宽广的长方形的中庭，庭院四周都是巍然的两层楼阁。虽然只是涂着绿漆的木造房屋，但工艺却相当地精致。二楼的栏杆上、回廊的廊柱上都饰有精细的雕刻，在廊柱的上下或挂着灯笼，或摆放着盛开的盆栽菊花。站在中庭内环视楼上楼下，每个房间都挤满了客人，有的在赌钱，有的在猜拳，人声鼎沸。我本想尽可能要一间沿运河的二楼客房，但店家回答说只有进门靠右的底下一间空着，没办法只能在此将就了。客房内布置得相当雅致。在北京一带，即使上等的人家屋内也比较脏，今夜则可以放心地品尝美味佳肴了。只有中国菜在日本的时候就已吃得颇不少，所以从侍者拿来的菜单中自己点了如下的四品：

醋熘黄鱼　　炒山鸡

炒虾仁　　锅鸭舌

其他要了几种冷菜和口蘑汤。南方菜和北方菜在选料上虽无多大差异，但在口味上则明显地不同。特别是在品尝首先端上来的炒虾仁时，其感尤深。据说虾是这边的名产，原料自然是上乘的，而其味道则相当地清淡。即使是日本菜也难以做到如此清淡。这样的佳肴，任凭怎样讨厌中国菜的人，也不可能不举箸一尝。

“怎么样？听说河对岸很多艺妓，美人当为数不少吧？”

我一杯接一杯地喝着绍兴酒，对着河面说。中国导游喝得脸色赭红，微带醉意地露出友善的笑容回答说：

“有，怎么会没有美人呢！日本来的客人一般都会见识一下，叫艺妓来玩玩。叫一个到这里来怎么样？叫她来唱唱歌，给三块大洋就行了。”

“叫她到这儿来唱歌没意思，不如现在到她们那儿去看看怎么样？若有哪一家你熟的带我去。”

“行，这也挺有意思。”

看神情那中国人已领会了我的意思，眼睛里漾起了笑意，点了点头。

“这虽也挺有意思，但因为军队的胡作非为，对面艺妓馆里一个女的也没有了。那房子里空无一人，艺妓都躲到了士兵到不了的幽暗的冷僻处，要寻找颇费工夫。”

听了这番话，我的好奇心就越发强烈了。

“但你总知道一两家吧。若在那幽僻处，不就更有意思了吗？”

“对对，要找总找得到的吧。好，好，现在我来领路。”

这样说着，两人吃得酒足饭饱。出旅馆时肚子确是很饿，现在连我这个大肚汉也吃得撑了起来。隔壁的房间和中庭对面的房间仍还是一片喧阗。夜渐渐地深了，可猜拳的吼叫声、赌钱上了瘾的人哗啷哗啷甩动银元的响声，仿佛将秦淮河水盖住了似的传得很远。

“到了夏天还要热闹得多。每天晚上饭馆也好妓馆也好，家家都是客人爆满，运河上漂浮着好几艘画舫，唱歌呀拉胡琴的，非常热闹。现在这个时候天气已转冷了，客人比往常要少了。”

“画舫的季节到底从什么时候到什么时候？”

“哦，从三四月的春天开始到九月底左右吧。”

我深深地后悔自己没有早来一个月。像现在这般寂静的夜晚，就无法充分体会我一直期望着的南国情趣了。总之，在和煦晴暖的季节，还当重游一次。

“今晚真是吃得非常满意。承蒙款待，我现在正是酒酣耳热好心情。怎么样，就准备走了吧。”

喝光了第二瓶绍兴酒后那中国人说，随即瞅了一眼我的脸色。桌上还有很多吃剩的菜，但我们两人都没有勇气动筷了。

把堂倌叫来拿了账单一看，才两块大洋。吃得如此酒足饭饱竟只有两块大洋，实在太便宜了。这要是在日本的中国菜馆里吃，至少要七八日元了吧。来到中国后觉得又贵又难吃的是西餐和日本料理。尤其是中国人做的西餐，那难吃的程度真是不堪言说。虽然器皿多少有点不干净，但吃中国菜最愉快而且很实惠。

从饭馆前再坐上人力车，约已过了十点吧。沿河边的大街向东行，来到了白天曾坐画舫在其下穿过的利涉桥边。南京的桥，其两边往往都是密集的房子，既看不见河水，从哪儿起算是桥也搞不清楚，惟有秦淮河上的桥是例外。文德桥也好武定桥也好以及这座利涉桥，都是像在日本乡间常见的那种木结构的桥，我在白天经过时看见铁质的栏杆上都晾满了白菜。河的这边是鳞次栉比的饭馆，对岸是狭窄的小巷，有多家妓馆错落其间，屋瓦相连，恰如大阪的道顿堀[①]的街景，但真的如导游所说，家家户户都是黑灯瞎火、门窗紧闭。月亮不知什么时候出来了，透过夜空的云翳散发出淡淡的月光，在浑浊沉滞的河面上投下惨白的倒影，此外，只有暗淡的街市如死去一般地不断伸向前方。来到利涉桥北堍的人力车，仿佛被这漆黑的夜色中的城市所吞噬一般，折向左路向前行去。令人惊讶的是，从河那头看来有那么多的妓馆，来到近旁一看都不知道进口是在哪里。依然沿着两面是围墙的狭隘的小巷驶进驶出，到后来路窄得仅容一辆人力车通行，地面上铺着如砖头大小的石块，高低不平。车就在这样的地方震动摇晃，拐过了一个又一个墙角，到后来我连河在哪一边也搞不清楚了。终于来到了连人力车也无法通行的令人胆战心

① 道顿堀，通常指位于大阪市南区、沿道顿堀川南岸的东西向大街及周围街区，宽永三年(1626 年)成为一条戏剧街，以集聚各种大小戏院、茶屋而甚为热闹，现在仍为大阪市具有代表性的娱乐街。

惊的狭窄的拐角处，我们就让车停在那里等着，两人靠着围墙走去。鞋后跟碰上了铺路石块突起的夹角，发出“咯噔”的声音，真是一条难走的路。也不知是小便还是食物的油水，有些地方流淌着黑水。白色墙壁——其实已脏成了深灰色，上面满是污迹——的围墙上端，月亮投下了朦胧的光晕，只有这部分犹如电影中的夜景一般有点光亮。这样说来，这条小巷的情景和我们在电影中屡屡见到的流氓的帮手逃进来或是侦探等跟踪尾行的西洋小巷的景色非常相像。来到了这样的地方，要是那中国导游是黑帮流氓的话，真不知会有什么样的遭遇。这样一想，不禁有点毛骨悚然。

“喂，喂，这样的地方会有妓馆？你是不是不认识？”

我悄悄地在导游的耳边低声问道。

“你等一下，应该是在这一带的……”

那中国人小声回答说。

不知为什么，他一直在一个地方来回巡梭。也许不是一个地方，他这样说也可以，因为那一带的路实在分不清。不久遇到了一家右侧开着六尺左右的门、煤油灯点得亮亮的人家，像是一家卖吃食的店铺，从炉灶中劈劈啪啪地升起了如烘山芋铺似的热腾腾的烟。过了这家后大约又走过了五六间门面，巷路又成了く字形，我们折向左边走去。那中国人叫我在这儿等着，回到了冒烟的那家店铺前，像是在向店里的人问着什么。只有站在小巷里的那个中国人的脸庞，在黑暗中被店门口的灯光照得红红的。……他立即又折回到我站的地方来，用低低的声音轻松地哼着小调，又走到我前面带起了路。

“啊，是这里，到里面去看看吧。”

他才走了五六步，便停在了一家门前。一看，在右墙上昏黄地亮着一盏小小的仿佛灯光就要熄灭似的四角形檐灯。玻璃灯罩上用朱文写着“姑苏桂兴堂”几个字，虽字迹已剥蚀模糊，但还可看清。灯下有一扇仅可容一人进入的门。说是门，其实是在厚达两三尺的墙上挖出一部分来，再从里面用门板严严实实地关住，因此屋内的人声和灯光都不可能流泄出来，若不仔细看，会觉得这只是围墙表面凹进去一块而已。这也难怪刚才只觉得都是围墙而找不到进口了。刚想用手推门，却意外地发现门前有晃动的人影。在被厚厚的围墙所形成的浓重的暗影所遮掩的凹入处，有个人身倚着门板，宛如壁龛内的雕像般呆立着。这恐怕是在外面守望的人吧。中国导游跟他说了几句话，那人便立即点了点头，吱吱咯咯地打开了木门。

屋内非常幽暗（南京虽有电灯设施，但听说这些人家害怕军队的闯入，而特意使用煤油灯，以尽可能不招人注意）。有五六个长得面目粗恶的男人围着桌子像是在赌钱。穿过了这间前厅，这样的屋舍一般都有中庭，里侧有两三间垂着帷幔的闺房。我被引到了左边的一间。

屋内几乎没有一件装饰物。两边的墙上都贴着像卷纸一样的廉价的发光壁纸。这纸看上去也颇有些年月了，说是发光，其实也和粗糙的墙壁一样毫无精细之感。只记得屋子的一边放着一张红木的桌子和两三把椅子，只有一盏放在桌上的油灯，冒着一缕油烟，房间的四角都是暗暗的，显得阴郁粗陋，怎么也不像是这一类女人的闺房。进门时，屋内一个人也没有，便坐在椅子上等了一会儿。有一个穿蓝衣服像是鸨母样的人，端来了两盒西瓜子和南瓜子。那鸨母看上去也不像是个贪得无厌的势利人，用我听不懂的中国话说着什么，朝着我热情地笑了笑。然后，在两个十二三岁的小姑娘跟从下，一个像是这间闺房主人的女子娉娉婷婷地走了进来。她在我和导游之间的椅子上坐下后，便将一个胳膊搁在桌上，一个手长长地伸过来将自己所带的香烟分发给我们俩。通过导游的翻译，我问了她的姓名和年龄，她答说叫巧云，今年十八岁。在昏黄的灯光中，她的那张脸长得丰腴圆润，肤色白得透发出一种柔和的光辉。尤其是薄薄的鼻翼两边的脸面，微微有点发红，呈现出一种透明的鲜润。使她显得更美的，是比她所穿的黑缎子衣服更黑的、闪现出光泽的一头秀发和那充满无限娇媚的、仿佛惊讶般地睁得大大的一双水灵灵的眼睛。在北京我也曾见过各种各样的女子，还没见过如此这般的美人。实际上，在这样煞风景的，这样昏暗、墙壁肮脏的房子里，住着这样冰肌玉肤的女子，实在是令人不可思议。我用“冰肌玉肤”这个词来形容这个女子的美大概是最贴切的了。因为她的那张脸以美人的标准来衡量的话还有不少不够格的地方，但她那肌肤的光泽、秋波盈盈的眼神、秀发的形态及整个的身姿，毫无缺憾地体现出了一个艺妓的妩媚和可爱。她说话的时候，双眸和手都在不停地动，遮住前额的密密的刘海和镶着翡翠的金耳环都在轻轻地抖动，一会儿摆动着脖子，现出双下巴，眼神像是在想什么似的，一会儿又张开双肘耸耸肩，最后又取下挽住后面发髻的金簪，把它当作牙签一般，露出了一口“冰肌玉肤”中最为光洁灿烂的秀齿，她的身姿不断地生出变化，几乎令人目不暇接。

“怎么样，这人很漂亮吧。”

导游吸着从鸨母手上借来的水烟管，把我撇在一边正与那女子嬉笑着，突然转过身来对我说。

“这女子是这一带最上等的艺妓。我现在正与她在谈判，你要是喜欢的话，今晚在此留宿怎么样？”

“可以在此留宿？”

“不，她一直不肯应允。不过我现在正与她在谈，大概能留吧。”

“好，尽量叫她答应。”

她朝我轻轻送来一个秋波，眼睛中露出嘲笑的神情。

那中国人又开始谈判。说是谈判，但双方却在嬉笑调情，而我却只能不吭声地在一旁等待结果。这么想着，我就老老实实地靠在墙上，眼睛贪婪地盯着那个女子灵动活泼、不断变化的表情。

说是在调笑，可那女子有时也一脸严肃，睁着大大的眼睛凝望着房顶。导游在开玩笑中摆弄着手势，像是在努力说服她。

“看你谈得也挺艰难的，行不行啊？”

“说是另有客人，不行。不过你请再等一会儿。也许马上就会同意的。”

他安慰我说，然后又开始了谈判。一会儿，那女子说了一句“那么，我去商量一下吧”，便留下了我们，略带轻蔑地朝我一笑，走了出去。大约过了两三分钟，刚才的那个鸨母笑嘻嘻地走了进来。那鸨母与导游谈了好长时间。导游的语气很强硬，那鸨母再怎么想回绝似乎也难以回绝。她不吭声地退了出去，那女子又进来与他解释。就这样，鸨母与女子交替着进进出出，看来一时难有结果。

“这么麻烦，就算了吧。”

我觉得没有希望，便制止了导游。夜渐渐深了，天也越来越冷，我有些兴味索然了。而且，即便谈成了，导游要能一起留宿倒也算了，不然的话一个人留在这阴暗的、气氛怪异的妓馆里，心里有点悬。

“好，这里算了，我们去找别家吧。我刚才出价十五块大洋，但她们非要四十大洋不可。出四十大洋看来能谈成。乱开价，四十大洋太高了。算了吧。”

这一阵子银的行情比较高，四十大洋要相当于日本的八十日元了。我囊中有六十余块大洋。但是用了其中的四十块，下面还要去苏州旅游，在到上海的正金银行之前，只能以二十大洋节省着用了。已经兴味索然的我，已经不想在这里为那女的付出那么大的牺牲了。

“她当然很漂亮，但四十大洋太贵了。已经十一点多了，行了，回去吧。不买光看看也足够了。”

我说着，决然站了起来。

“什么呀，不必急着回去。这个女的不行，别家也有漂亮的姑娘。不需你掏四十大洋，自有又便宜又好玩的地方。”

导游也许以为我是个热衷于寻欢作乐的人，有点过分热心了。

“我说，这样的美人不可能有很多吧。”

我此时不想被带到乱七八糟的地方，以致玷污了好容易获得的美好印象。我反而希望就这么在心灵深处秘藏着这位犹如珍贵幻象般的女子的身影安然踏上归路。

“有没有美人，还得去看看。如果没有喜欢的，再回旅馆睡觉也可以。晚点没关系。”

那女人将我们送到门口，在里边锁上了门。两人无精打采地又踏上了小巷的石板路。走过五六户后，又有一家像是妓馆的门户。同样地四面都是厚重的围墙，一扇关着的小门犹如牢户一般昏暗冷寂。导游自己一个人走了进去，立即退了出来，说：“这边好像没有漂亮的姑娘，别的地方还有吧。”倒是真的，若用心观察的话，还有几家像是隐蔽所似的分散在附近。虽说是为了躲避士兵的胡作非为而隐匿到这里来了，但与北京八大胡同的兴旺相比也实在太凄凉了。若以东京相比，就像是水天宫①后面的小巷似的。在这几家门前，导游都一一停下来探首看了看，然后又一家家走了过去。

“这附近好像没有好玩的。我们坐车到外边去吧。”

导游一个人口中喃喃地说着，往来的路上折了回去。说是坐车，可周围一辆车也没有。从刚才的地方沿着土墙相间的小巷也不知转了多少个弯，可除了我们之外，周围一个人影也没有，就如同在荒凉的废墟中彷徨一般。若在这样的深夜这样的地方有游荡的人影的话，那恐怕是幽灵了吧。事实上，这一带小巷的情景，与其说是人的居所，

---

① 水天宫，此处当指位于东京日本桥一带的神社，人们到此主要来祈求避除海难、保佑顺产。另外，人们亦将其中供奉者看作娱乐业的守护神。

倒不如说更像阴鬼的栖息地。

在我们从狭窄的小巷正想转入下面一条稍宽的路时，总算找到了一辆人力车。那儿有一家像是日本砂锅面条店似的吃食店。我又觉得非常奇怪。在这样的地方，开吃食店面向谁呀？要有食客来的话，那一定是幽灵了吧。也许那食铺的老头就是幽灵。车夫一个人在吃着烧卖还是什么东西。导游让我坐上了这辆车，自己跟在后面，不时从后面传来高声的喊叫，吩咐车夫“向右拐”，“向左走”。接下来还打算到哪里去呀？大概他自己也不清楚吧。

约行走了两三百米，导游终于又觅到了一辆人力车。两辆车总算驶出了废墟，开始行走在一条市街上。总觉得这条街好像走过，但还搞不清方位。左面有一家挂着“太白遗风”店招的商店还在营业。车在店前经过时，我窥看了一下店的模样，店内如同乡村酱油房的格局，排列着好几个被烟熏得发黑的大木桶，看上去也像油桶。但从“太白遗风”这几个字看来，当是酒店吧。我不禁想起来佐藤春夫①的《李太白》。我想把这店招的事告诉佐藤一定很有趣……

---

① 佐藤春夫(1892—1964)，日本现代小说家，诗人，代表作有《田园的忧郁》等，刊有《佐藤春夫全集》十二卷。佐藤有一时期与谷崎私谊颇好，后佐藤曾娶谷崎前妻为妻。20 世纪 20 年代，佐藤与我国的郁达夫、田汉等亦多有交往，日本侵华以后，佐藤曾为日本军政府鼓舌，郁达夫愤而与之绝交。

再走过五六家门面，有一类如吉原大门的建筑，依稀可看清门上写着的“秦淮桥”几个字。秦淮桥的话，今天早上应该经过的。尽管如此，先前从夫子庙边的饭馆里出来的我，不知什么时候又被带到这里来了。车经过秦淮桥像是又朝夫子庙的方向返回去。不过来到了刚才的利涉桥桥头后，这次是不拐向夫子庙那边，而是过了桥直接向前奔驰而去。桥的下面曾经来过，而到桥的对面一侧去今晚还是第一次。不知那儿是什么样的。正想着，车沿着河边街路拐向右边，然后又折向左边。月亮已完全沉落下去了，夜色较先前更黑，看不清街上的情景。只是依然有煞风景的阴冷灰暗的墙垣，有如古城墙一般无声地向前延续，间或似有几处长满了荒草的空地。总感到是在向荒凉寂寥的城市边缘处行驶。驶过了墙垣，来到一片空地，不知从哪里寂然吹来了一阵含着潮气的阴冷的晚风。四周暗淡的景象越是渗入我的体内，我的心中就越是清晰地浮现出半小时前所见的美女的身影。任凭怎么想，在如此废都般的市街中，遇到这样的美女，只觉得恍如在梦中一般。我现在才感到痛惜四十大洋的钱真是太遗憾了。……“嘭”的一下车身弹了上来，原来车向右拐入了一条坑坑洼洼崎岖不平的道路。一看，左边有两三幢房子连在一起，右边是一个古池。池边有五六棵有年月的柳树，浓密的枝叶宛如黑幕一般垂了下来，一阵风吹来，瑟瑟作响。

池内的水呈铅灰色，闪着暗淡的光，似与柳叶一起在微微颤动。我们的车停在了左边房屋最边上的一家。“〇〇妓馆”的门灯映入了眼帘，但字迹的朱色已经剥落，上面两个字看不清。

门的进口处，比刚才那家更加混沌昏暗。中国导游轻轻地在门上敲了几下，墙垣的一部分犹如洞窟一般凹了进去，将我们吸到了里面，户外的黑暗蔓延到了屋内，我们都不知道从哪里算是房子里面。我们的身后又响起了“哐”的一声关门声，回首一看，眼前惟有漆黑一片——看不见刚才进来的门在何处，甚至连从里面给我们开门的人影也见不到。外面还有杨柳、古池，里面却是除了漆黑一片之外什么物象也没有。我们确实是从墙垣的那一边来到这一边的，但是在什么时候，怎样穿越过来，然后进入到这样的地方的呢？凝视后面的黑暗，甚至令人感到根本就没有墙。那个有古池和杨柳的世界，不是被土墙，而是被更加厚重的“黑暗的墙”遮盖得严严实实了。我想起了孩提时代，在看了全景画之后走出黑魆魆的走廊时常会有这样的感觉。

这时堵住了我前方的黑暗的底部发出了“哐咚”的声响。原来有两道门，那边还镶嵌着一扇门。身背后有一片昏黄的灯亮，从木门的阴影处仿佛蝙蝠一般有一个黑色的人影摇摇晃晃地移近过来。我不由得蓦地联想到某种可怕的情景。在这样漆黑的、进来后不知道出路的屋内，即便是被杀害了抛尸野外，这样的罪恶也将永远无人知晓。这魔窟的四壁之中，就如同海底一样与人世相隔得那么遥远。

导游与那人低声说了几句话后，便将我领到了木门的那一边去。建筑的格局大致与前一家相同，中庭的四面是闺房，不过无论从中庭的面积还是从闺房的间数来看，都较上一家大不少。铺着石板的中庭中央放着一张粗简的饭桌，有五六个女孩怕冷似的瑟缩着双肩，就着像福神渍[①]一样的酱菜在喝着粥。那种心神不定的可怜的模样，很像泥灰墙的仓廪下老鼠在啄食的神态。导游张望了几间闺房，然后选了看上去最干净的一间定作我们用。这里也点了一盏油灯，也许因为刚才通过的地方太黑了，好像比预想的要亮堂。但是屋内惨淡的气氛都丝毫不因为明亮的灯光而显得温暖亮丽起来。一边是挂着白色床帐的女式睡床，另一边照例是椅子和桌子，除此之外没有任何一件装饰品。从床帐的破裂处向内张望，可看到床上污迹斑斑的被褥上有条毯子圆圆地隆起着。我还以为没人睡着，便稍稍掀动了一下毛毯，不料从一端倏地露出了一双柯树果实

---

① 福神渍，日本酱菜的一种，取萝卜、茄子、刀豆、白瓜、藕、紫苏果、生姜等七种材料切细以后用酱油腌渍起来，然后再加糖水煮过而成。其七种材料又雅称为七福神，故名为福神渍。

般的用缎子做的可爱的鞋尖。光看这鞋尖的样子，我感到里边睡着的定是位娇小窈窕的女子吧。床是柔韧的藤绷床，要有人睡的话多少会有点下陷，但承载着她轻盈肉体的垫褥却直挺挺地向上撑起，像是承载着一团棉花似的，毫无负重的感觉。

“嗨，嗨，起来吧。”

我用日语说着，用双手从毛毯上推推她。我的手像是在触摸着裸体一样可以清晰地感觉到她的手臂、胸部、腿部这一团在毛毯下的柔软的肉体。那女子自己掀开毛毯，揉着睡眼慵懒地从床上起来。她穿着水黄色棉袄，神情呆滞的脸上一对黑色的眼珠仿佛金鱼一般往外突出，厚厚的嘴唇向上翘起，两手插在棉袄里面索索地抖着，从床上爬起来后就径直地坐在我旁边，闷声不响地嗑起了瓜子。

“这个女的怎么样？喜欢吗？要是不喜欢的话这里还有很多，叫别的女的来看看吧。”

面对着这个与刚才的美女无法相比的女人，我无法遮掩住不满的神色。

“要是还有很多的话，叫她们都让我看一下怎么样？不妨都看过以后选一个最好的吧。”

“好，这样也可以。要看的话随便看多少都可以。”

在中庭里喝着粥的女子，不一会儿一个个在我面前展现。她们掀开了挂在闺房门口的、犹如舞台幕布一般的帷幔，宛如有发条装置的布娃娃似的走来，停下来做出一个娇态，然后慢慢地退回来，仿佛是在选花魁似的。一个个纷纷登场，大概走过了十几个人，但没有一个能令人稍微动一点心的。每个人都像老鼠似的脏兮兮的。结果还是第一个女的最好。

“无论怎么说这个人都是一等美女。您觉得她不行吗？”

“不过和先前的那个女子比起来，形态和相貌都差多啦。”

“这没办法。像先前那样的美人没那么多。那是一流的艺妓，很自以为了不起。这儿虽是二流地方，但要过夜很方便。近来不景气，她们生意不好，准能要个便宜价吧。”

那女的领会了导游的意思，也一个劲儿地来引诱我。但越是这样我越提不起兴趣。她介绍说自己叫陈秀乡，年龄十九岁。脸的长相倒并不怎么令人讨厌，但那满是污迹的衣服、粗糙的皮肤最使人倒胃口。望着这个女的缺乏滋润的肌肤、毫无光泽的指尖，就越感到之前的女子那如琉璃一般光洁细腻的肌肤的馨香，实在令人难以忘怀。

“怎么样先生？在此留宿吧。她说把价格降到十二块大洋。”

“算了，我总觉得不对胃口……今晚还是回旅馆去睡吧。”

“哦，是吗，回旅馆啊……”

导游看着我不悦的神色，有点尴尬地说。

“那么在归途中再去看一家吧。如果那儿还不行的话，就回旅馆吧。”

“在归途中再看一家倒也可以，不过大致都差不多吧。不管到哪里，都不会有先前那样漂亮的美人了。”

“哈哈哈哈，您被刚才的那个女子迷住了。那我帮你找一个不亚于那女子的漂亮姑娘。艺妓太贵不合适，一般民女中有既便宜又漂亮的。”

“有接客的一般民女？”

“对，有的极其秘密地在接客。这样的地方没有介绍即便是中国人也不易去。我知道一家，我们到那儿去谈谈看吧。”

我们回绝了她们的强迫，离开了闺房，再度穿过中庭，潜入到了如墨水一般深浓的黑暗中。当从上了两道门的墙垣里边被带到池塘边的路旁时，我才抚着胸口松了一口气。

第三次寻访的所谓“民女”之家，像是在从夫子庙到四象桥去的路上的歧路纵横、屋舍交错中的一户人家。我只记得往利涉桥折返到北面，沿警察署的围墙在姚家巷上的狭窄小道上行进的情景，再往后是沿什么路、到什么地方去就分不清了。但回想一下回旅馆的路途，可猜想那户人家约在从四象桥往南至尽头的丁字路口的附近。后来查了一下南京市区地图，那地方叫奇望街，正好在警察署的里侧。在警察的眼皮底下从事这种秘密行为，自然胆子很大，不过也许中国的警察也不管得那么细。从外观看来，警察署和那民女的家一样都是冷寂的有土墙相围的住宅区似的街区。连一流艺妓的馆舍都是那样阴暗的地方，何况一般民女的住家，其昏暗冷僻就不用说了。不仅昏暗，冷涔涔渗入肌肤的深夜的寒意，从外面一直侵入到屋内的石板地面。没有生火的、冷森森犹如洞穴一般的房间的一角，有一个十六七岁的姑娘，宛如荒寺的大殿中放置着的木雕佛像似的，冷得索索地打颤，以纳闷的眼光打量着一个异国的不速之客的闯入。那双眼睛不是中国式的那种圆圆的鼓起的，也不是那种神采奕奕的，而是带着一种充满了深不可测的哀愁的神情，秀长地斜向两边。她蹙起了倔强的带有敌意的粗眉，一声不响地站在那里，其容貌与先前的美女相比也不逊色。皮肤呈茶褐色，显得黑黑的，但肌理润滑细腻，由黑缎子衣服包裹起来的四肢的骨架像鲤鱼一般柔软。她有一张日本的美女常有的瘦削的、小模小样的缺乏光彩的脸，即使不及先前女子的娇媚。若将那女子比作红宝石的话，这女子就有一种黑曜岩似的忧郁。她生涩地回答说，今年十七岁，名叫花月楼，扬州人。

“这个女孩确实漂亮。不过好像心情不大好，好像在生气似的。”

“什么呀，不是生气。这是民家女子，所以有点害羞。你要留宿肯定会同意的。”

此时这姑娘紧蹙的双眉蹙得更紧了，抓住了导游咕咕哝哝地抱怨起来。湿润的双眼好像就要落下眼泪似的。

“这样子看来不可能会同意的。她在叫我们回去吧。”

但是我这一推测完全偏了道。导游向我解释说，那姑娘是在哀求我们今晚留下来。

“那姑娘说，近来市面上很乱，没有客人，她们都在犯愁。她开价十块大洋，后来跌到了六块。要是还价的话，大概能还到三块吧。怎么样，先生，三块很便宜吧。”

过了一会儿，鸨母也来了，与姑娘共同劝说我留宿。果然如导游所说，最后将价钱还到了三块大洋。

说定以后，导游和鸨母退到了另室，那姑娘取下了木门上的门插，用顶门棍锁上了门。她嘴里絮絮叨叨地不知说着什么，脸上第一次露出了笑容。刚才一直为忧郁的阴影所笼罩的双眸和嘴，这时却意外地富于表情，一个劲儿地向我献媚。一句中国话也听不懂的我，面对着她那可爱的媚态，却苦于不知何以为措。

我勉强地用中国话的发音不断地呼唤着她的名字“花月楼、花月楼”，一边用双手捧起了她那瘦削的脸。那张小小的可爱的脸几乎被我的手掌完全遮盖了。她的肢体是那么地柔软，用力一压的话真会把她压坏。脸上的五官长得像成年人一样端正，却又像赤子般地稚嫩。我心里突然涌上来一阵强烈的意愿，我的双手似乎永远也不想松开她那张可爱的脸。

《苏州纪行》小序[1]

我去苏州游览是在去年的秋天，即十月二十二日、二十三日、二十四日、二十五日的前后几天。第一天是上午从南京出发，一路眺望着中国最为丰饶的江南绿野的景色，于傍晚五时左右抵达阊门外的苏州火车站。坐上马车沿平坦的南北护城河大街前行一里[2]半路程，日暮时分到达了日本租界。途中经过戈登桥时，向左边的护城河方向望去，但见绵延不绝的城墙沉稳地矗立着，仿佛围绕在内的不是殷富的苏州市街，而宛如牢狱的围墙似的静穆地伸向前方。在其对面，孤零零地耸立着一座灰色的高塔。如水一般澄澈的黄昏的天空清晰地映衬出高高的塔影，天和地都如死一般沉寂，四周一片静

① 此篇及下篇原载大正八年(1919 年)二月号、三月号《中央公论》杂志，原题为《画舫记》，此处译自《谷崎润一郎全集》第六卷。

② 这里的"里"非华里，乃旧时的日里，1 里相当于 3 900 米左右。后文中的"里"亦为日里。

谧，你越是凝望这孤塔，越觉得眼前仿佛是一片幻影。第二天坐着驴[①]跨过吴门桥，穿过盘门，首次进入了苏州城内。从孔庙经过沧浪亭畔，沿护龙街一直前行跨过饮马桥、乐桥，领略了观前大街的繁华，逛了陶器店和珠宝店，参拜了玄妙观后再折回护龙街，经禅与寺桥、装家桥、香花桥，观赏了桥畔的北寺塔后，从寺前往左折来到了桃花坞大街，越过草家桥一直沿着水渠前行，从四义桥的桥边顺着城墙的内侧往左拐，跨过水关桥终于来到城外的阊门旁的吊桥。吴门三百九十桥，确如此语所言，苏州的市街内运河[②]纵横贯通，桥的数量非常多。这些桥几乎都以石料制造，从一边看上去呈现出美丽的拱形，要比街上的屋舍为高，宛如彩虹一般高悬于水上。这真是东方的威尼斯。此外还去了郊外的留园和西园，登上了虎丘，从羊群安眠的塔旁的高台上远眺附近一带的平原，再策着驴参访了著名的寒山寺。从德富苏峰氏[③]及很多人的旅行记和叙谈中，我已数度听说了寒山寺是个没意思的地方，但我却并不这么认为。即使寒山寺本身并无多少情趣，其附

---

① 原文为驴，但江南一带罕见驴，译者疑为一种较低矮的马。此处依原文。

② 作者在文中将苏州市内外的河皆称作“运河”，但实际上除了京杭大运河等外，大抵为自然河，此处依原文。

③ 德富苏峰（1863—1957），日本近现代政论家、史论家，作家德富芦花之兄，具有国家主义、帝国主义倾向，竭力主张日本的对外扩张，战前曾任贵族院议员、帝国学士院会员，战后曾一度被定为甲级战犯嫌疑人。

近的运河的景色——枫桥、铁铃关周围的风光，我也至今不能忘却。也许是我喜好水乡景色胜于山国，特别是钟爱市街中的河景的缘故吧，这一天的游览使我深深地喜欢上了苏州。因太喜欢运河的景色，在第三天观赏了天平山的红叶之后，又一次雇了画舫沿运河荡舟。现刊登在此的是第三天的旅行记。

要写篇完整的苏州纪行，应自第一天起笔，但去年年末我从中国回来不久，恰逢家父患病，常往躁动不安的日本桥老家去探视照料病人，终于未能定下心来写出全稿。不得已在病人所居的二楼躺着时，不时地抓住些空闲，以向笔记者口授的方式，总算写成了这一部分，想以后什么时候将前后的游记补全作成一篇完整的旅行记。请读者不妨先读其中的一个断片。

苏州纪行

十月二十四日，上午八时半左右，起床后正在用早饭时，女仆从下面上来说，船已经预备好了，就请准备出发吧。船就停在旅馆前的小河内。女仆甚为我们担心，说是坐船与骑驴不同，颇费时间，且至天平山也有相当的一段路程，要不早点出发的话，回来就要天黑了。但说心里话，我对天平山的红叶不太感兴趣，还是沿途运河的景色是此行的目的。尤其今天是星期天，听说自上海来的日本团体游客要涌来看红叶，与这些人赶在一起的话犹如到泷野川[①]去远足一般没有情趣，所以红叶那边就尽可能随便走一走吧。总之，今日能雇到船是一大成功。若从陆路走的话，不管你愿不愿意，总要和这些人碰在一起。而且恐怕是因为昨天骑了一天的驴吧，臀部上擦破了皮，一刺一

① 泷野川，地名，位于东京都北部石神井川南岸，江户时代多森林，以红叶的观赏地而闻名。

刺地疼。今天怎么也没精神再骑驴了。

到了船上一看，担任向导的旅馆老板娘已早先一步上船在等我了。昨天担任向导的是旅馆的老板，今天老板要去招呼团体游客，所以就由老板娘出场了。这是一个年近五十、瘦瘦小小的、肤色稍黑、神情有些古板的女人。比起硬装出媚态在一旁喋喋不休的女人来，这位老板娘也许要好些，但若要独自一人悠然欣赏河流的景色，我觉得连这位老板娘也是个多余的存在。实际上要是能会一点中文，根本不需要导游。依靠了导游，往往会错过名胜和风景。昨天就是这样，那老板带我去访西园的戒幢寺，他殷勤地带我在满是金晃晃的低俗的五百罗汉堂中看了好长一会儿，而对于就在堂边的纯中国式的林泉，却一声不吱地带我走了过去。不仅如此，到虎丘去的时候，他甚至连这里有著名的古真女之墓都不告诉我一下。这只是个立在路边的小小的荒陋的墓冢，初次来的人似乎不会留意到此。是他无知呢还是缺乏热情，我不得而知，不过这是个连明信片上都有的名胜，作为导游要是不知道的话也太无责任心了。总之，我觉得极不愉快，决定以后绝对不再相信导游。导游只能让其做些口头传译，他最多也就是依照些铁路局出的导游手册和地图之类来随意带着客人走一圈而已。今天是坐船，所以本想不要导游的，但归途中想去阊门外的中国菜馆，结果还是请了一下。

船是一种被称为画舫的游船，本来这上面应载有很多歌伎，在唱歌饮酒吃菜的同时，来充分领受这水乡的情趣。不过乘坐画舫的季节一般在春末到秋初，现在这个时候已很少有饮酒听歌之举；而且叫歌伎来作一日船上游的话，要花费五十块大洋——换成日元的话达一百日元——于是也就作罢了。前几日在南京的秦淮也才曾坐过一会儿画舫，与那次相比，今天的船的装饰要气派漂亮一些。在船的中央有类似日本屋形船一样的屋顶，在朝船头一方的入口处左右各有一扇门扉，金色底面的门扉上刻着整面的黑色的牡丹。走入室内，正中间置放着四方小桌，周围一圈椅子，两边则是镶有玻璃的木格窗。木格窗上都饰有金色的梅花图案的雕刻。在尽头处的左右两根廊柱上，分别挂着“一帘波影”、“四壁华香”的屏条。我想看看外面的景色，便走到室外坐在了船首的椅子上。今天还是好天气。听说南方多雨，然而一旦放晴之后也就不大会下雨。虽无昨日暖和，但和日本的十月比起来，差异还是很大。现在我只穿着从南京以来就穿着的薄薄的黑罗纱的单衣，再外套一件斜纹布上装，一点也不冷；而四五天前在南京依然可闻蝉鸣之声，就可以想象这边有多么地温暖和煦了。此间的春天颇为短促，相反的秋天则要持续很长时间，而且不时会出现类如春天般的暖洋洋的日子。

过了十五分钟。这一带的河流要比东京的外濠还宽广些，河水当然是盈盈满满的。船的右舷方，前天傍晚如幻象一般展现出来的城墙和高塔，在没有一丝云彩的万里碧空中，轮廓鲜明地蜿蜒相连。今天城墙远方的天空也是清爽澄澈，因此使人很难相信在其之下竟隐匿着一座三十万人口的大都会。无论这城墙的石垣有多厚，在其背后的城内的街市喧杂之声多少总会透发出来一些吧，但却听不到一丝市井的杂沓之声。我出神地凝望着在朗朗朝阳照射之下寂然耸立的城墙，不觉感到连这石垣似乎都像是戏剧舞台上使用的布景道具。

“请看那边，那边有那样的鸟在飞。”

坐在室内的老板娘，一边说着一边走到船头来，用手指着城墙上的高高的天空。真的，那边有五六羽白鸽样的鸟，集成一群穿过河面朝郊外的方向飞行而去。我问这叫什么鸟，老板娘答说不知道。

船的左岸有一座叫苏纶纱厂的工厂，过了纱厂后在左边的运河上横跨着甘棠桥。右边的城墙的外廓下不知何时也出现了五六户人家，白色的粉墙在阳光下熠熠生辉。河面上来往的船只渐渐多了起来。像是从大运河上过来的挂着篷帆的船，中国式的帆船、小蒸汽船、轮船等各色各样的船，从前面驶来或从后面驶过去。其中还夹杂着蒙着草帘子的小小的叫花子的船。

“叫花子就住在船上，大概父母子女五六个人挤住在一起。”老板娘介绍说。

不一会儿，我的船来到了苏纶丝厂的砖墙边。但我的眼前已展现出石拱形的吴门桥，正迎接着我的到来。昨天从桥上经过时，因石阶太陡，只得跳下驴来行走，由此可见拱形相当高。从船上望过去，可见拱形下桥那边鳞次栉比的屋舍，远方的天空下，在烟霭中有些迷蒙的虎丘塔和灵岩山塔的影姿。船在桥下通过时，可清晰地看到拱形的左右两边石柱上刻着“同治十一年壬申夏四月”、“苏州水利工程总局重建”的字样。

过了桥后，护城河弯向右侧流去。但我的船不久告别了护城河，在水门塘的地方进入了左侧的运河。这一带比日本租界附近还要热闹，两岸的人家屋瓦相连、鳞次栉比。左边有现已成了警察分驻所的水仙庙，庙前的石垣上伫立着两三个警察，正以好奇的目光注视着我的船；右边犹如参差不齐的牙齿似的排列着破旧低矮的小商店。河面上比刚才更为拥挤，几乎令人想起深川的小名木川①。像往常一样有叫花子船、泥船、捕虾船、粪肥船，不时地还有鹅“嘎嘎”地鸣叫着穿行其间，在水面上吵吵闹闹地游来游去。有个像是店铺女主人模样的妇女，蹲在河边的石

① 小名木川，地名，流经东京都江东区北部的一条运河，开凿于江户时代，明治以后利用舟运开建了不少工厂。

阶上正用竹刷子刷洗着钵盆和菜。在这样的景象中弯弯曲曲地划行了一百多米，右边的城街中又有一条窄窄的运河，河上架着拱桥。我的船便折入这条运河前行。

天空中依然有白色的小鸟、喜鹊等各种鸟飞来飞去。我船上的船老大悠然自得地吸着长长的烟管，不紧不慢地握着橹。河两岸的人家渐渐少了起来，河岸也不再是石垣，而变成了长满了青青杂草的土堤。运河穿过姑苏城外平坦的沃野笔直地向前流去。我不时地从船头上站起来想眺望一下土堤那头的原野的景色，没想到土堤却是相当地高，看不清楚，不过这一带总像是水田吧。不时地可看见一些墓地，仅可看到土堤背面的耸起的土馒头和墓碑的上端部分。这一带也许是颇为富庶，乡民的墓冢也修得非常气派。在中国的满洲荒凉一带的坟墓，只是简单地隆起一堆土而已，有墓碑的几乎一个也没有，而这里不管多么简陋的墓冢，一定会有石碑立在那里。有的墓在土馒头外封上水泥，周围修上颇为气派的影壁，或植上茂密的竹丛。墓的外面，不时有羊群从土堤的背面走过。虽也仅能看见一脊羊背，但那宛如雪白的棉花般的羊毛令人想到仿佛是碧空中飘下的一团白云。有一只鹰划着大大的圆圈在碧空中静静地盘旋。往来的船只渐渐稀少了，偶尔会见到一艘疏浚船在从河底挖出淤泥。船的前方又出现了一座新的拱桥。仔细一看，拱桥的那一头还有一座拱桥。三座拱桥互相都相隔一千多米，几乎同样是划出弧线的拱形石桥。穿过了这些拱桥后，运河渐渐地狭窄起来，一直消失在遥远的原野尽头。河的上游一方，两岸有一大片灌木林，河水仿佛是潜隐在树林的枝叶之下似的。从这边远眺过去，真觉得树林的那一带恍如清丽秀美的仙境一般。民间童话中的老爷爷老奶奶所居住的村庄一定就是在这样的地方吧。桃太郎[①]中的仙桃所流过来的河流，大概也就是这样的河了。尤其使这河上显得像仙境般的是树林后面巍然耸立的山峦的秀姿。巍然耸立这说法不合适，比山冈是要再高些……不知是很远的缘故呢，还是山姿确实平缓圆浑的缘故，使人感到这只是一片稍稍隆起的丘陵而已。同时，这山的表面尽是似乎刚用水浇过的洁净的石头，而在这辽阔的旷野中又仅有此孤山一座，因此看上去就宛如盆景中的假山一般。这些上游的山峦和树林，在清明澄澈的秋日早晨的空气之中所呈现出来的淡雅悠远的情趣，实在是无法以言辞来形容。这时，从上游的仙境那一方，有一艘船慢慢悠悠地，仿佛仙桃流淌过来似的往这边划了过来，连摇橹的声音也听不见。船穿过了第一座拱桥，穿过了第二座拱桥，穿过了第三座拱桥，渐渐地靠近过来了。这是一艘

---

① 桃太郎，日本古代童话及同名童话的主人公，说的是自桃中诞生的桃太郎牵领狗、猴子等击退了鬼岛上的恶鬼而将金银财宝夺回来的故事。

与我的船同样大小的画舫。船屋里乘着什么样的客人我不知道，但船首方的门扉左右蹲坐着两个歌伎：右面是个穿着杏黄色衣裳、皮肤白净脸面瘦长的女子，左面是个穿着茶色衣裳、眼睛大大肤色黝黑的女子，两人都以单腿跪立着用手支撑着脸颊，一动也不动。后面有盆景中的假山一般的远山做背景，所以连这两个女子也仿佛是盆景中的偶人似的。当对方的船同我的船相擦而过时，我偷偷地瞥了一眼这两个女子，两人都是宛如偶人一般的美女。肤色黝黑的女子以她那别有姿色的瞳子向我这边闪了一闪，但依然身姿不动，而此时画舫已慢悠悠地驶过去了。

我的船从这个方向依次穿过了三座拱桥。第一座拱桥上，在与水面相接的拱形柱的两边，刻着“两岸桑麻盈绿野”，“一渠春水漾思波”。盆石似的远山背面又出现了一座山。那座山上整面的都是红叶，在阳光的照耀下熠熠泛着红光。在驶近第三座拱桥时，河的景象顿时大变，已经一点也没有运河的模样。水上四处漂浮着无数的落叶、树果和浮草。土堤上是荫荫的一大片已抽穗的芒秆，其间不时夹杂着盛开的菊花。大概已来到刚才看到的树林边了吧。不知从何时起，岸边的树木多了起来，杨柳、栌树等高大的树干，长长的枝丫交互在一起，遮蔽了水面。水是绿色的，犹如寒水石一般凝滞不动。枝叶投下了斑驳的树影，仿佛落下了无数金色的碎片，闪着粼粼的波光。不一会儿在右舷边树林最为茂密的地方出现了牛王庙的粉墙。穿过第三座拱桥不久，河流到了尽头。

我们的船靠了码头后，在此之前已沿着河岸在追赶我们的村姑们一下子围了上来，我还以为是要饭的，结果不是，说是招客人上轿去天平山的。老板娘用中国话与她们一个劲儿地讲价钱，最后谈定一座轿子五十文钱，于是就上了轿子上山去了。

说是轿子，与日本的山轿完全不同。中间是一把藤椅，两边带着长竿，两个妇女便一前一后抬着前行。长竿富有弹性，到了崎岖不平的道路上也会自然地一上一下有节奏地轻轻摇晃。先前我在上庐山时已乘坐过这种轿子，不过那时抬轿的是体格魁伟的男子，且是四个人，而今日抬轿的却是两个瘦弱的妇女。不过，庐山和天平山的高度及道路的峻险程度毕竟不一样，也许女子也能抬上去吧。在庐山时稍一闪失就可能坠入千仞谷底，所以一路担惊受怕，而今天即使掉下去也无大妨。而且山就在眼前了，也许坐上半里一里就到了吧。

水田、桑园、竹林、小河，穿行于其间的道路虽然不宽但颇平坦。大概是从上海来的日本团体游客的一部分吧，几个穿着西服像是公司职员模样的年轻日本人，骑驴策鞭，与老板娘点了点头赶到了我们的轿子前面。从竹林那边传来了丁零丁零的清脆活泼的声音，已有中国人骑着系有银铃的白马从那边往回走了。抬着我轿子的村妇，前面是一个约有五十多岁的老妇，后面是一个十七八岁的小姑娘。老妇人将已染霜的头发拢在脑后扎成一束，用黄铜的发簪簪住，穿着蓝底白花的上衣，耳朵上戴着不知是镀金的还是黄铜的耳环。抬轿子的都戴着耳环，似乎有些过分，但在中国连要饭的也戴着耳环和戒指，所以也没有丝毫的奇怪。这且不说，当来到了斜面有些陡峭的坡道上时，那老妇人故意夸张地发出一种特别凄惨的声音，呼呼地喘着气。最后她放下轿子，叫我自己走上坡去。

“这家伙怎么这样耍懒。她们是想要小费，所以这么对你说。”

说着老板娘把两个抬轿人痛斥了一顿。骂了以后她们只得又哼哼哈哈地喘着气抬起轿子朝前走了。

到达天平山的山麓是下午一时左右。那儿除了几匹马和驴及轿子以外，还有五六座风情优雅的典型的中国式轿子在等待着客人。苏州的轿子总的说来比北京和南京一带的要雅致和漂亮得多，与日本王朝时代的代步物很相像，倘若在某处遇见这样一列鱼贯而行的花轿，不禁会产生一种幽思：不知轿上坐的是何等的佳人？不过今天这些轿子恐怕都要让随日本团体游客一起来的夫人小姐占有了吧。

不管怎么样，接下去的一段登山路总是要与日本的团体客相遇在一起了。我想尽可能快地看完红叶，在日落之前再坐画舫到寒山寺去看看，而且还想坐船到《剪灯新话》的《联芳楼记》中所记载的兰英蕙英这一对漂亮的姐妹所居住的阊门外的运河去转转。这样想着我下了轿子，一步一步地沿着山路往上登去。

天平山显得玲珑可爱，说是山不如说是山的模型更贴切。当然没有东京的爱宕山那么小，但要比武州的高尾山①低得多。从山麓往上看，仅有一座山峰如竹笋般地秀然峙立。这竹笋的表面不时地分布着一些奇岩怪石。其形状颇带有些仙风道骨，但整体上却如玩具一般地小巧。在此山的对面还有一座玲珑可爱的山。或突兀，或圆浑，在山的形状上虽颇异其趣，但从小巧玲珑这一点来说，与奈良的若草山甚相似。我所伫立的山麓，恰好是位于此两山山谷间的一处幽邃闲雅的所在。山谷间的红叶比山上更多。其与日本的枫树在枝形上大小相同，不时可见树干铁黑、雄壮粗大的大树如大火劫后余存的木栓一般巍然挺立。在枝干的顶端部分，生长出数片红叶，犹如剪纸一般。因此，周围并非整片的红艳艳的明亮景观，反而是一种令人生出安逸沉静、清寂空寥之感的红叶。时节还颇暖

① 东京的爱宕山(另有京都的爱宕山)是位于港区公园北侧的一座海拔只有26米的小丘陵，山顶有爱宕神社，1925年日本最早的广播电台开设于此。高尾山位于东京都八王子市西侧，海拔599米，山上树木茂盛，有山野气息，山顶有药王院、有喜寺等，是东京一带的市民出游的好去处。

和，所以树叶尚未充分转红，但带有茶褐色的清澄的树叶颜色与铁黑的躯干颜色互为映照，显得相当地美。这些细弱的、熠熠闪光的树叶，仿佛一片一片都可以清数般地、鲜艳地、在秋风的摇曳中神经质地微微颤动。有些从树干上落了下来，纷纷扬扬地飘舞着，如尘埃降落一般地悄无声息地坠落了下去。据说是为了纪念宋代范仲淹而建的天平山白云寺的粉墙，就掩映在这些枫树之间，围绕着山麓。但是做导游的老板娘，照例对其都不屑一顾，似乎她的工作就只是走路，目不旁视地一个劲儿地向山上登去。

“那边好像有座寺院，那叫什么寺呀？”我故意装糊涂地问她。

“是呀，那座寺叫什么来着。大家都把这里叫作天平山……”

果然，那导游连这寺的寺名都不知道。

“登山上去有什么呀？”

“也没有什么特别的景观，不过望出去风景不错。”

老板娘冷冷地答道，不顾一切地一个劲儿往上登。我故意走得很慢，在坡道上不时地望望周围的风景再往上走。不知何时老板娘的身影也看不见了。

从半山腰快到山顶的地方有一座白云亭。走入门内有弯曲的回廊，在回廊的左侧垒上山石，围成一个小小的庭院。在岩石中间有一汪名为“吴中第一水”的泉水，在石块的表面上刻着“云冷清泉”之类赞美其清冽的词句，但这水却一点也不清，多少带有点绿色，犹如浮着污垢的洗澡水样的浑浊。来到回廊尽头的客堂门口时，传来了喧嚣的人声。是原先的团体游客在里面吃午饭。客室里面分成两间，从窗外可遥见远处灵岩山的高塔。穿着洋装的年轻人在桌子周围乱糟糟地或坐或站，里边的房间里则文雅地端坐着两三位夫人小姐。到中国来后还是第一次看见身着盛装的日本女子，我不由得起了一点好奇心，便厚着面皮加入到团体客中去。夫人这一边看上去都长得端庄秀美、气度优雅、风采翩翩。在南京已曾体验了中国美女——与这类女人相比也许有点失敬——这样看来日本的女子似乎也不错。

比我早一步到达的老板娘给我端茶呀分饭呀地忙开了。寺院里的和尚提来一大壶开水，一一倒入人们的陶制茶壶中。昨天带我游览的老板也在。此外还有一个穿着藏青西服戴着鸭舌帽、中国话说得非常流利的十七八岁的小青年。对着那些纷纷涌过来讨剩饭残羹的抬轿人和苦力，那小青年又瞪眼又训斥地显得盛气凌人。

“这是我的儿子。虽然还只有十七岁，你看，已长得这么高大结实，与中国人吵架没有一次输的。那么强壮的苦力即使五六个人过来，也赢不了那小家伙一个人。而且中国话也说得相当好，人们都以为他是中国人了，英语也可粗通，客人们真的都很喜欢他。他们说这小家伙一个人胜过好几个导游，有了他就心定了。他到哪儿都大受人欢迎。”

一直没什么笑脸的老板娘，只有此时才很热情地向我介绍。

“你有，香烟？”那年轻人立即用英语对老板说，“请给我，一支。”

说着从老板那里接过一支呼呼地抽了起来。即使老板娘的话有一半夸张，她儿子看上去确实是个血色很好、活泼机灵的小伙子。但像他这样在十七八岁的时候就学会了待中国人如猫狗一般，而且都想在一方称霸的日本人，如果大量涌入中国的话，中国也要大受侵扰了吧。不过，那小青年趾高气扬盛气凌人的模样，当然是受父母的坏影响造成的。

“让日本人赚钱是可以的，而给中国人的钱，连一个铜板都要斤斤计较。”刚才在与抬轿人谈价钱时老板娘这么说。这句话非常令我生厌。如果你是这样地为日本同胞着想的话，就应该把旅馆的设备弄得再好一些，至少应该弄得比中国人的旅馆舒适些吧。据我的经验，如果没有语言上的不方便，住中国人的旅馆要经济得多（不过这是仅就南方而言。我后来发现，在南方的中国人旅馆里，一般总有一两个懂英语的男人。要是会讲一两句英语的话，恐怕还是住中国人的旅馆为好。从费用上来讲也只要不到一半就可以了。关于日本人旅馆的种种不便之处我以后还想专门写一篇东西，这里先稍稍发泄一点余愤）。在中国的所有日本人虽还不至于都是“给中国人钱连一个铜板都要斤斤计较”那样心地狭窄的肤浅之辈，但好容易出来旅游一趟，却碰到这种低俗粗鄙的同胞，心里不会愉快。若说那老板娘是女子也没法，那么我希望男子对中国人的态度总之应该要慎重些。

待团体客走了以后，我一个人悠然打开了饭盒。透过窗户可以望见在烟霭中的灵岩山影。据说以前在山里有座叫馆娃宫的宫殿，西施曾居住于此，那里还留有她在花晨月夜弹琴的琴台遗迹。

我记起了《联芳楼记》中苏台竹枝曲的词句：

馆娃宫中麋鹿游，西施去泛五湖舟。

五湖是指太湖，据说登上此山的山顶可以一览太湖的秀色，犹如从比睿山上俯瞰琵琶湖①一般。说起西施，对我而言，与其说是一个历史人物的名字，不如说更有一种

① 比睿山在京都的西端，最高峰海拔 848 米，山巅有天台宗总本山的延历寺，从山顶向西可远眺位于滋贺县境内的日本最大的淡水湖琵琶湖。

出现在民间故事中的娟秀女子的感觉。除了故事中的淑女形象外，我并不知晓西施的事迹。与探访日本的历史古迹不同，一想起那位淑女的故乡就在眼前，不禁感到原来是遥远的梦一般的虚无缥缈的场景，突然间出现在了自己的近旁。真的有一种很奇异的感觉。

据说从这里到灵岩山约有一里半。我想去看一看，但归途中的运河的景色更吸引我，还是决定坐船回去了。

“那么，我们就上路吧。”

老板娘催促着我走出了白云亭，沿着原路下了山。刚才一心只顾眺望山上风光的我，想再次单独行动，在下山路上一个人悄然走进了上山时未及一看的白云寺。我在里面慢慢地、非常仔细地一件一件看过来。虽然这也并不是什么极有价值的建筑，但让那毫无责任心的导游等上一阵子，心里却感到无比地痛快。在里面转了半个多小时，才从山麓的正门悠然地踱了出来，一看，老板娘正远远地茫然无聊地站在轿前等着。我觉得心里的不快得到了一点宣泄。来到中国之后还一直未能随心所欲地自我行事，也许不应这样，但那已是我的脾性，改不了了。

不料正在自我得意的我，却碰上了倒霉事。前面走过来一个三十五六岁的瘦高个要饭的男人，发出一声声可怜的叫声紧紧地跟着我。他在我面前转来转去，跪在地上发出更加凄凉的叫声，伸出双手。这叫声和那抬轿的老妇人在上坡时发出的哀叹是一样的腔调。我想与老板娘的“给中国人钱一个铜板也要斤斤计较”的主张反其道而行之，便丢给了他两文铜钱。我想那叫花子会高兴地走开了吧，不料他瞪着两文的铜钱，脸上毫无悦色，依然一声声地向我哀求着。这哀求声犹如唱歌一般抑扬顿挫带有节奏，他不断地哀求着，更加死命地紧跟着我不放，最后竟用那满是污垢的脏手拉住我外衣的下摆。这真叫我有点受不了，不禁大声呵斥道：

“混蛋！”

正在这时老板娘奔了过来，我便问她说：

“给他两文钱不已足够了么？这叫花子嘴里叽里咕噜地在说些什么呀！”

“他不是说两文钱不够，而是说这两文钱不通用，想把这换成一文铜钱。这样的家伙您给了他一次钱，其他的叫花子就会不断地涌上来，吵得您没办法。倒不如索性就不给他。”

老板娘依然在宣扬自己的主张，不过她还是从自己的钱包中掏出了钱换给了他。但这老板娘毕竟不会违背自己不白给钱的主张，她给了钱后，便使唤他到高处去采一两枝红叶来，这样才总算现出了怒气平息的神情。

在回去的路上，小姑娘换到了前面抬轿，老妇人则到了后面。他们哼唷哼唷地抬着往前行，来到了路窄处时，从后面骑着驴子赶过来的赶驴人不耐烦地催促着我们快走。到达原先画舫停泊的码头时大约是下午三点吧。有五六个小孩闹哄哄地聚集在船边，正和船老大夫妇说着什么。我原以为这大概是村里的孩子吧，但其中有三个人似乎要和我们一同坐船。原来他们是船老大的孩子。我原先一点都没注意到有这样的孩子坐着我的船过来，他们是藏在哪里呀？老板娘拿出了从客栈带来的日本点心分给孩子们吃。也许是已在岸边停泊了一会儿，船里面飞拢了一群苍蝇。船就载着这群苍蝇，摇动着小河中困乏的水波往前动了起来。

船沿着来路往回摇了两三百米，穿过一片浓绿的树荫，拐入了左边的运河。两岸是杂草茂盛的平地。去的时候看上去宛如盆石一般的山峦，从此处远眺过去，如同一头回首的狮子踞伏在那里。右边的陆地上，工匠们正辟开一片杂草地，忙着施工，不知是盖别墅还是建墓地。岸上有的地方在建造码头，有的地方在建立漂亮的牌楼。稍前面一点现出了墙壁黑得发光的房子，运河在此处折入了右边的方向。

一转入之后即可看见左方遥远的虎丘塔。早上通过吴门桥时，已在桥下遥望过其塔影，现在又显现出其身姿。若塔在那个方向的话，那么也可大致推测出我现在所通过的运河的位置。我们的船不一会儿大概就可抵达枫桥下面了。就如清水寺①的塔与京都密不可分一样，据说这虎丘塔也是苏州城的一个组成部分了。自前天我在火车的车窗中望见这座塔以来，昨天和今天我的行程一直与该塔形影相伴。到了苏州西北郊的话，几乎每一个所在均可望见这座塔。此时此地我所想起的，还是常常引用的苏台竹枝曲中的一节：

虎丘山上塔层层，夜静分明见佛灯。
约伴烧香寺中去，自将钗钏施山僧。

吟咏此诗的兰英蕙英姐妹的家应该正好在这条运河一直下去的城外的西廊门边，所以“虎丘山上塔层层”、“夜静分明见佛灯”诸句，当是实景的描述了。两姐妹在此的时候，每天夜晚塔上都点上明灯，她们也许曾远远地眺望着这灯火在静寂的夜中一闪一烁地光亮。或许她们也曾望见过塔旁的云岩寺的灯火吧。在苏州，除了此塔之外，毕竟还有灵岩寺的塔、报恩寺的塔，以及其他两三座不知名的塔，除了苏州之外，在中国还有很多塔。和日本的高低相近的一大片屋檐相连的景象不同，有了塔就给周围的景

① 清水寺，位于京都清水的法相宗寺，初建于延历十七年(798 年)，南侧的建筑以“清水的舞台”著称，适于远眺，现被列为国宝级建筑。

色增添了不少情趣，使之富有错落变化。薄暮时分，当你沿着乡间的小路走向某座城镇时，或是凭临着火车的车窗望着目的地渐渐临近时，在辽阔的平原的那一方，首先映入你眼帘的便是塔。你会想到：“啊，那儿有一座塔，那儿已是城镇了吧。”这时候，塔便会使游子的胸中充满了无限的亲切和温暖。

岸边，住家一点点多了起来。不知从哪里传来了鸭子的悠闲的叫声。在我的前方，又出现了一两座呈现出迷人的曲线的石造拱桥。在第一座拱桥前，有一两艘船沐浴着午后温暖和煦的阳光，犹如昏睡一般地悠然漂浮在水面上。一艘船上晾着洗过的衣衫，另一艘挂着苫席，上面排满了白菜。穿过了第一座桥后，大概在一公里开外的地方，在蔚蓝色天空的映衬下，第二座拱桥宛如彩虹一般横悬在水上。在桥的中央，与弓形呈相反弧状的顶边上，也许是在晒太阳吧，有一个人影如塔一般地凝然不动。原来那是个穿黑缎子衣服的过路男子凭靠在栏杆上，俯看着河面，等待着我的船的临近。在右岸边上，堆着一大堆瓦片，有个妇人蹲在一旁在编着竹篮。左岸边上有一个摊点，我正想这里在卖什么，只见架上摆着毛巾、刷帚、刷子什么的。这一带像是一座小村庄吧，两岸紧密地排列着菜馆呀，肉铺呀，铁匠铺等小店。这些房子的后屋都无一例外地临着水面，不少人家还伸到运河中搭建了阳台。这里的住家与水的关系真是相亲相近，仿佛是水浸润着房子，房子在与水戏耍似的，甚至使人感到这板壁建造的住家简直就像漂浮在运河上似的。虽是白天，但仍有五六个村民似的男人在茶馆和肉铺里。铁匠铺里传出的有节奏的打铁声，在寂静的午后悠长地回响着。在村头的右角上有一家竹器铺，店前系着几只竹筏。我们的船来到这里时，有个男的赶紧从店里奔出来，将堵住河道的竹筏使劲往岸边拖过去。

从竹器店的拐角，画舫折入了右边的运河。

“马上就到寒山寺了。”

从开始起就闲得无聊地待在一边的老板娘，似乎突然想起了自己导游的职责，敷衍地说了一句。

“哦。”

老板娘觉得有点没趣，便拢起衣袖，把哈欠强压了下去。

再一看，见有两个七八岁的女孩，正趴在右舷的石崖上，将青瓷瓶放在水面上，全神贯注地盯着在河上漂浮的瓷瓶。对面有一艘船慢悠悠地摇了过来。船上好像有黑黑的东西在悄然晃动，正在想这是什么，原是饲养鱼鹰的船。两侧的船舷上停着五六只鱼鹰，伸展着翅翼和长长的脖子，神闲气定地与我们的画舫擦行而过。左岸上停着一艘船身涂得鲜红、船头方画了一个白色的眼珠、状如鲷鱼的船。河流的前方又有一座新的拱桥正以其优美的身姿迎接着我们的到来。桥顶部也同样有几个人影。这次的那个男人一手提着鸟笼，带着一个身穿红衣服的孩子。

穿过桥，已可从绿荫浓郁的桑田中隐约看见寒山寺的屋脊。寺院位于两座拱桥之间，前面的一座无疑是昨日曾见过的枫桥。我们一路过来的这条小河，在枫桥的前端与形成丁字形相交的运河汇为一体，一直流向阊门外的市区方向。

刚才一直在河岸拉着我们画舫的船老大，不一会儿拽着船绳奔上枫桥桥头，迅速地将绳子抛给了正行到桥下的船上的妻子手上。

在桥左侧的房屋的屋角上，挂着四角灯笼，上有朱色大字“山茹行”“东万兴”。在寒山寺的对面，有一片在中国少见的小松林。回首向船尾望去，夕阳已沉落到灵岩山的塔下了。

姑苏台上月团圆，姑苏台下水潺潺。
月落西边有时出，水流东去几时还。

门泊东吴万里船，乌啼月落水如烟。
寒山寺里钟声早，渔火江枫恼客眠。

洞庭金柑三寸黄，笠泽银鱼一尺长。
东南佳味人知少，玉食无由进尚方。

杨柳青青杨柳黄，青黄变色过年光。
妾似柳丝易憔悴，郎如柳絮太癫狂。

一团凤髻绿于云，八字牙梳白似银。
斜倚朱栏翘首立，往来多少断肠人。

（《联芳楼记》）

中国观剧记[①]

泷田君嘱我就梅兰芳写点什么，我应允了。可我只是去年去了中国两个月，既非中国通，对中国的戏剧等自然也不甚了了。而且在本杂志的上一期内已刊登了权威人士们的有趣的报道，如今再由我这样的门外汉在此摆弄一些肤浅的外行话也确有些不知自量。不过，这里并不限于梅兰芳，而只是想就一般的中国戏，从我这样一个梨园外人的眼光，记述一点个人的感想和见闻。

我一开始就期望到了中国后能尽可能地多走一些戏院。在我未观中国戏之前，中国的戏曲、中国的演员，那由刺激强烈的色彩和声腔高亢的音乐组成的彼国舞台的景象，就曾一直惹动着我的好奇心，要是能到该国去的话，就可亲眼目睹、亲身体历自己憧憬已久的、如梦似幻的美

① 此篇原载大正八年(1919 年)六月号《中央公论》，此处译自《谷崎润一郎全集》第十四卷，中央公论社 1983 年版。

艳和交织着怪诞的异国情调的场景。我也曾听说在北京有梅兰芳这样的大牌名伶。因此，我自朝鲜初次踏上中国的土地，在奉天[①]的木下杢太郎[②]氏家住定之后，就急不可耐地立即向木下提出希望到中国的戏院去看看。

“奉天乃中国的边城僻乡，在这种地方看戏没什么看头。要看的话该到北京去看梅兰芳。不到那儿去难说看过中国戏。”

杢太郎氏这么说着，对我的要求未加理会。但他还是带我去了一家在平康里的名曰“中华茶园”的戏院。在中国称为某某茶园的小戏院很多。说起茶园，人们往往会认为是饮茶的所在，而实际上大抵都是戏院。南方叫什么我记不清了，奉天、北京、天津一带都叫茶园。总之，在奉天看的戏是我与中国剧接触的第一次体验。观众席的样子与日本的粗陋的小电影院大抵相近，等级分为楼上楼下两等，楼下就只在地上排放些长椅。我走进去的时候，舞台上有个个子娇小的年轻女伶，戴着亮闪闪发着刺眼银光的凤冠，穿着鲜红的质地上绣着大片金色图案的衣裳，正发出如猫叫一般的尖利之声说着台词。不知怎的，我觉得她就像一只煮红了的虾。这位女伶的形象还不那么招人嫌

---

① 奉天，沈阳的旧称。

② 木下杢太郎(1885—1945)，日本诗人、剧作家、小说家、医生。1916 年到沈阳的南满医学堂担任皮肤科教授，1918 年谷崎润一郎访华时他尚在沈阳。

厌，而接着出场的那些演员却个个面相狰狞，脸上涂抹得浓艳赤紫，使人如遭噩梦魇住似的心绪很不愉快。而且他们在台上武打时，喧闹的音乐声震响全场。戏班的人无休止地“当当”地敲打着像铜锣那样的乐器，耳朵都震聋了。虽要了印好的节目说明书，但一个夜晚要上演好几出戏，现在演的是哪出戏，是哪几个演员在演，却令人渺无头绪，当然对剧情也一无所知。我原先所怀抱的幻梦至此被击得粉碎。

我心里想，到了北京就不会有这种情形了。后来在天津我也去看了各处的戏院。京津一带似乎戏剧相当兴盛，有些地方就像日本的浅草公园或是道顿堀一带，在这样的街区行走，可见有报童在沿街叫卖满载着戏剧广告、剧评和梨园消息的报纸（这样的报纸在稍大一点的都市里到处都有发行）。买一份这样的报纸，照着广告栏上登出的剧场一家家地去寻访，还是没有一家能让人觉得怦然心动的。首先是戏院的肮脏使人不敢举足向前。其甚者，当舞台上两人在移步打斗翻起筋斗时，台上会轰然扬起一片尘土，雾蒙蒙的尘埃让人眼睛也看不清。其次是不管是扮演美女的还是扮演好色之徒的演员，都会朝台上吐痰或是擤鼻涕（即使是艺人，有的也在观众席上擤鼻涕）。穿着绚丽夺目的戏装却公然做出这样的行为，真令人不可思议。但看客却对此司空见惯，他们沉浸在音乐声中，随着唱腔的高低起伏而摇头晃脑或以手脚打着拍子；进入佳境时，就会激动亢奋起来，高声喝彩，击掌叫好。我深切地感到中国人是一个爱好音乐的民族。

到达北京的第二天，我去了像神田小川町一样书店林立的琉璃厂，那儿有一种辑集了中国现代戏曲的称为《戏考》的书刊，我将能找到的全都买了来。然后向以戏剧通出名的辻先生、毕业于同文书院的村田孜郎君、平田泰吉君等请教，或请他们带我去戏院看戏。一段时间下来，对中国戏慢慢地有所领会了。在北京，我前后待了十来天，其间每天总要到戏院去看一两出戏。依照报上的广告了解那天所上演的戏名，然后再打开《戏考》了解该戏的剧情，另外又请戏剧通作一些讲解，有了这样的准备再去看戏，因此不几日便豁然有所开悟，对中国戏有了些知解。不过另外也有个缘由，那就是我在奉天和天津等地已看了很多比较粗劣的戏剧，这期间不知不觉地对那腔调高亢的音乐已渐渐地听惯了。这样，若是连戏的剧情也知晓的话，就会感到中国音乐的旋律与西洋不同，其所流露的感情与日本人也是相通的。因此悲凉哀婉之处能感其悲凉哀婉，勇猛雄壮之处亦能感其勇猛雄壮。像《李陵碑》等戏曲中所含蕴的悲壮的意味，我觉得自己能充分领会。

听辻先生说，眼下的梅兰芳已不如两三年前那么红了。因面颊消瘦的缘故，容貌也不如以前那么俊美了，嗓音也差了一些。听说与梅同样演花旦的，出世要较梅为晚的尚小云前景看好，将来有可能成为与梅并驾齐驱的名伶。我曾看过尚小云的《孝义节》，总觉得他比不上梅兰芳。其缘由之一也许是梅兰芳不仅嗓音好，而且表情动作俱佳，对我们这种门外汉来说容易看懂吧。从这意义上来说，与梅兰芳搭档演夫妇的王凤卿这次未来日本，实在令人遗憾。王凤卿颇有些幸四郎的气韵，一招一式都演得饱满而有气度，其容貌风采嗓音都颇似中国古代的英雄，英姿飒爽。要是他来日本的话，或许会比梅兰芳更受好评。

在帝国剧场我看的是《御碑亭》，由于缺了王凤卿，自然比我在广德楼看的时候要差。此外，扮演柳生春的演员，也不如在北京时看的那一位演艺精湛。王有道和柳生春在考官前说话的台词念白及其声调的抑扬显得出奇地好，在北京时并非如此。《御碑亭》避雨的那一场，梅兰芳的表演也是在北京的时候精彩。在广德楼的舞台上，御碑亭的旁边置有一杨柳树，这就烘托出了雨天的景象，不知为什么在帝国剧场没有置放杨柳。孟月华蹲在御碑亭右侧的亭柱边，柳生春在左侧的柳荫下落魄地徘徊，互相数着报更的钟声吟唱了起来，那棵柳树实在是不可或缺的。王有道在休妻时的表情，若由王凤卿来演的话，就不会那么张扬喧嚣，而是更具有男人的气味，极富沉痛之情。

来到中国南方后，也曾看了在苏州、杭州、上海一带流行的新剧，颇有些新奇刺激的玩意儿，有些戏剧演的是挖肠剥皮的奇幻残酷的故事。女演员中，在苏州的西湖凤舞台看过的张文艳的妖艳至今仍未能忘记。此外，在上海的大世界看到的木偶剧非常地美妙绝伦。中国的旧戏主要讲究音乐而非动作，且戏装又是那样地美艳绚丽，这些都十分适宜于上演木偶剧。

西湖之月[①]

这是有一年的晚秋，作为东京一家报社的特派员在北京逗留了颇长时间的我，因公务而被派往阔别许久的上海去出差一个月时的事情了。时在十一月，具体哪一天我已记不清了。抵达杭州西湖的第二天，恰好是一个美丽的月圆之夜，所以离开上海时约是旧历的十三或十四吧。到杭州去倒也没有另外的公务。我此前曾来过一次上海，那时曾到附近的苏州、扬州、南京一带走过一圈，虽也很想去杭州，却终于未得闲暇，而遗失了这一机会，于是便想利用这次出差之机去杭州一游。

虽说是深秋，但中国的南方还不怎么寒冷。说句过分的话，游览杭州的最佳时节无过于春天，正如高青邱的诗中所描述的：

---

① 此篇原载于大正八年(1919年)六月号《改造》，原题为《青瓷色的女子》，此处译自《谷崎润一郎全集》第六卷。

渡水复渡水，春花还春花。
春风江上路，不觉到君家。

现在的时节虽不能充分领略这样的南国特有的风情，但路边的杨柳依然枝叶青葱，穿着冬装白天都会出汗，只是早晚的空气会凛冽地沁入体内，但这反而令人感到肌肤滑爽。虽无百花争妍，却正是观赏红叶的佳时，天天都是万里澄碧的晴日，若那天又恰逢圆月的话，西湖的景色足以慰藉一个游子之心了。于是我从上海北站坐上了两点半开往杭州的列车。

“我准备去杭州，那边什么旅馆最好呢？当然，没有西洋人和日本人开的旅馆吧。”

我用半通不通的上海话问邻座的一位男子。那人正用象牙的烟嘴吸着“西敏寺”牌的纸烟，听到我的问话，他懒洋洋地睁开了长在硕大肥胖的脸上的一对鼓起的水泡眼，回答说：

“洋人开的旅馆没有，但有中国人开的干净而挺不错的旅馆。装潢设施都一如西式的旅馆，所以从上海来的洋人也都在这儿住。近来在西湖边上新建的新新旅馆，还有清泰旅馆，这两家大概要算最好的了吧。新新旅馆规模很大，望出去景色也好，不过离火车站颇远，有点不方便吧。”

说着，他用爱理不理的目光瞥了我一眼，随后又悠然抽起烟来，好像与人说话显得很费力似的。

“您到哪里？”

我不客气地又问道。他又向我这边扫了眼，答道：

“嘉兴。”

说完，便将脸转向了窗口。

大概这个人是嘉兴的商人吧。硕大肥胖的身躯上穿着亮闪闪的黑缎子衣服，显得颇有派头，稍稍有些傲慢的神情，留着稀疏胡须的嘴角及脸庞的轮廓，看上去总觉得和前总统黎元洪颇为相像。坐在我对面的是一位五十岁模样的颇有气度的瘦瘦的男子，正喝着茶与坐在一边的夫人热切地谈论着什么。说话间那夫人从黄铜的烟管中吸出水烟，发出咕嘟咕嘟的单调的声音。那男的也边饮茶边抽烟，抽着抽着喉咙里“嘎”地发出一声响，往地板上吐出痰来。然后又开始不停地说起话来。夫人旁边有一位十八九岁的女孩与一位十五六岁的女孩相对而坐，看上去像是这对夫妇的女儿。十八九岁的女孩像是得了黄疸病似的脸上没有血色，但五官长得犹如木雕般地挺拔而端正。她怀里抱着一个四五岁的幼儿，幼儿的衣服颜色艳丽得亮眼。大红的绸缎上用绿色的绢丝绣着不知是龙还是麒麟的花样，下面穿着像蜥蜴般闪闪发光的翠绿色裤子。十五六岁的女孩挥动着一枝人造的菊花正逗着孩子玩。她穿着鲜亮的紫色上衣，大概是绫子的衣料，戴着同色的帽子，其容貌与姐姐相反，长着一张胖嘟嘟的、发出酒桶漤柿子一样光泽的圆脸，丰满鲜润的脸颊下端直到长长的脖子周围都被里面是雪白的羊毛皮的上衣领子包裹着，显得雍容优雅。

我就与上述六个人隔着一张小桌坐在一起（中国的火车内，在桌椅与桌椅之间都有一张小桌）。座椅排列得紧紧的，人坐着连活动都很困难。当然不仅是我们这边坐满了人，车厢内到处都座无虚席。这样拥挤倒是以坐一等车为好，但是若不坐二等车，也许就无法观察如此这般的中国人的各种风俗了。总之，只要看看车厢内到处都是乘客的情景，就可了解，比起北方来，南方是多么地富裕。以看惯了京奉线、京汉线上二等车的眼睛来观察一下这里的话，你会发现铺在座位上的草席的颜色没有污渍，侍者的穿着也好，小桌上的台布也好，都显得比较干净整洁，车内的清扫似也做得挺不错。虽说是星期六，但二等车里依然这样拥挤，以此观之，这一带的中产阶级整个来说年景还不错吧。首先，北方的火车客人差别很明显。这一带二等车内的乘客都穿戴得相当体面，这在北方惟有在一等车内才能见到。而且乘客中女子相当多，这也与北方显著不同。在北方，女子罕有外出行走的，而在南方，歌伎自是不用说了，连夫人和小姐都和男子携着手常在外面游逛。

也许是毗邻上海这样的欧化的大城市的缘故吧。我刚才踏进这一车厢时，首先感到的也是乘客的衣着非常地缤纷多彩，犹如日本四月时的温暖阳光，照耀着窗外广袤的江苏①的沃野。强烈的阳光反射，也许使得车厢内显得明亮起来，但占着座位一半以上的女子和小孩的鲜艳的服饰使得车内的空气更加鲜亮明丽，这也是不争的事实。不用说，他们的服装也比北方要浓烈和绚丽。常听到一个形容，说是人像金鱼在游动一样。他们的服饰都是金鱼的，金鱼才闪耀着绚烂的鳞片在水中游泳。且中国崇尚体形娇小的模样，以金鱼来形容就更妥帖了。

从一头望到另一头，里面也有不少长得颇娟秀的。江苏浙江自古以来就被称为出美女的地方，背对我坐着的一位似是年轻的女子，其侧面的脸型看上去就超乎常人地妩媚。身材似要比一般女子高挑些，以我的喜好而言，倒是感到这样才显得娉娉婷婷，雍容华贵。其服饰也令人甚为惬意，在一片浓艳鲜丽的衣饰中，惟有这一女子潇洒地穿着淡青瓷色的上衣和白缎子的鞋子，犹如在金鱼中交杂着一尾颜色不同的绯鲤，给人一种清新怡人的感觉。无论是手指还是脸颊，其肌肤都如洋纸一般滑爽细密，呈稍带蛋黄色的冷冽的青白色。我觉得是常在混血儿身上看到的那

① 其时上海西南面的松江县等都隶属江苏省。

种肤色。和日本的女子相比，中国女子的手指显得更为纤细，但这一女子的手指尤为纤细。只是中指和无名指上所带的金戒指，让日本女子来评点的话，也许会说太粗了。不仅粗大，而且戒指上还缀着五六个比豆粒更小的金铃，手指一动，便发出丁零当啷的声音，不住地晃动着。也许我在此有点饶舌，我觉得日本女子对于装饰品的审美观，总体上太过于岛国民族的那种细小琐碎，没有派头。这样纤细的手指上，还是佩戴这种耀人眼目的戒指更合适。

她对面还坐着一位肤色稍黑、脸庞圆圆的女子。这位也长得相当漂亮，个子娇小，约比刚才那位小姐年长两三岁，从她头发的梳理样式来看，该是位出身良好的太太吧。她戴着金链子下垂着鸡心状翡翠的耳环，身穿黑色缎子服，一手撑在小桌上在织毛线物。说是在织，恐怕不如说是在摆弄着两根银光闪闪的长针和手中的编织物更为合适。眼睛和嘴角荡漾着一种蕴含着笑意却未笑出来的迷人的娇媚。刚才的那位小姐不时地将胳膊弯成く字形，从上衣的底部轻轻地掏出一方紫色的丝绢，一会儿放到鼻尖下，一会儿用两手将手绢在脸前张开成一帘薄幕，并不作什么用却是灵巧地把它当作玩物似的摆弄着，又仿佛是在闻着浸渗在手绢中的香水味吧。她的纤巧的手掌像是与紫色的丝绢在争轻斗薄似的柔软地舞动着。

火车开到松江铁桥时，我从车窗向外探望，但见河水如琅玕一般绿莹莹地澄澈清冽。来到中国以后今天是第一次见到如此清澈的河水。以浑浊著称的黄河自不必说了，其他如白河[①]也好长江也好，在中国称为河的河水都如污水沟般地混浊。南方苏州的运河虽不至于此，但与这松江的水无法相比。以前曾坐火车遥经朝鲜，那一带的河水亦都相当清冽，松江与朝鲜的河水相比也不会逊色吧。总之，中国的南北之间，从河水的情形来看就已有如此的差异了。苏州的河水比南京的清澈，杭州的水又比苏州的清澈，是不是越往南行，中国就渐渐地越来越美？现在展现在窗外的富饶的田园风光，与直隶[②]河南一带的萧瑟荒凉的原野风物相比，就有天壤之别。窗外是连绵不绝的绿色的桑田、桃林、杨柳的行道树，其间还点缀着几处水塘，有数十羽鸭子在悠然戏水。不一会儿又出现了大片的芒穗在阳光下熠熠闪亮的丘陵。在丘陵的后面不时出现耸立的高塔，蜿蜒连绵的城墙上那古色苍然的砖墙。饱尝着这样的景色，又在每个停车站望着上上下下的美丽女子的衣色鬓影，我的思绪恍然如入杨铁崖、高青邱和王渔洋的诗境中去了。

叮当、叮当地传来了一阵转动银元的声音，回首一

① 今天津境内的海河。

② 大致相当于今天的河北省。

望，原来是刚从松江站上来的四五个男子，刚围着小桌坐下，便开始在赌牌了。他们哗啦哗啦地把称为大洋的银元（这银元比明治初年一元值的银元要稍大些）拢集在小桌上，全神贯注地盯着手中的骨牌，似乎已经忘记是乘在火车上。正中间的是个三十五六岁的男子，长着一张顽童似的圆脸，肤色白皙，嘴巴阔大，眼神吊儿郎当，戴着一副金丝边眼镜，看上去像是坐庄的。在车内赌钱似乎有点过分，但没有人出来说一句。除了那个坐庄的人，其他人的年龄大抵都在四十到五十岁之间，个个一脸精明，穿戴讲究。众目睽睽之下，他们似乎毫无羞愧之态，只顾自己喝五吆六地出牌赌钱。这样的人大概就是中国生活放浪者的典型吧。

说起松江，我想起了元末诗人杨铁崖昔日曾到此避乱。他带着名为草枝、柳枝、桃枝、杏花的四个小妾，整天地坐着画舫纵情作乐，也许就在我现在火车行经的这一带吧。朝夕浸淫在这样的山水风光和习俗之中，就可知近代中国的诗人墨客多处于南方，也并不是偶然的事了。据说戏曲家李笠翁等也出生在浙江①，你就可以想象他的十种戏曲中所出现的场景和人物，其鲜活的素材大约就来自奔驰在窗外的山川市井以及车内坐着的才子佳人中间吧。

---

① 明末清初的文学家李笠翁（即李渔）确为浙江兰溪人。

事实上，若出生于如此秀美的山川和人物中间，也就很自然地会产生笠翁的诗剧中所表现出来的飘渺的虚幻之想。十种曲中的《蜃中楼传奇》，写的是到东海海滨去游历的青年柳士肩，来到海市蜃楼中与青龙王的女儿舜华喜结良缘的怪异故事。作为这一浪漫传奇的舞台的东海，恐怕就在这附近，可推测为江苏、浙江一带的海边。另外叙述女优刘貌姑与稀世奇才谭楚玉相拥投入河中，后来化成两条可爱的比目鱼流至严陵附近的《比目鱼传奇》的故事，也是由于笠翁日常一直浸淫在如童话般的山水楼阁和人物中，就自然地在其头脑中孕生出来的幻象之一吧。这样一想，就觉得生于南国的人，人人都得成为诗人。我真想将这一带的风景人情给那些自诩日本为东方诗国的人们见识一下。

火车开过嘉兴时约是傍晚五时左右吧。在餐车里用了点滋味粗劣的西餐聊以充饥，无事可做，便拿出所带的石印本《西湖佳话》来读，不久窗外便一片漆黑了。黑洞洞的窗玻璃模糊地映照着我的脸，而对面一侧，则明闪闪地映照着刚才那几个妇女的红色的、绿色的、深黄色的鲜艳服饰。我呆呆地望着窗户中映照出的模糊的轮廓，恍然觉得自己仿佛进入了遥远的往昔的梦境。我蓦地记起了自前年夏天以来一直未曾归去的故国，想起了东京小石川的家庭。自来到这一陌生的国度以后，我还从未感觉过独自一人乘坐在摇晃的夜间火车中时悄然袭上心来的那种凄楚、悲凉的怅然之感。

*

昨夜很晚来到临西湖的亭子湾内的旅馆。火车抵达杭州时已七时过一点了，本来也可宿在火车站前的旅馆里，但我实在是想去西湖边上，便坐上了人力车穿行在陌生的城市中，直接到涌金门外的清泰第二旅馆。说好到旅馆是二十文钱才坐上车的，可那车夫看来是个心地不良的家伙，当车拉进城内冷僻的小巷时，他立即停了下来，说“须得再加十文钱”。要是还想跟他评评理的话，说不定还会遭到不测之险。我争辩了几句，但又有行李，道路又不熟，要是把我撂在这里的话，我就无法动弹了，无奈之中只得应允了，可他又得寸进尺地说：“先付钱！”心里虽是恨恨不已，但上海的车夫等都会干出拦路抢劫的勾当，这家伙要行起凶来，还真不知会怎么样，于是便立即掏出钱给了他。幸亏是明月之夜，还算好，要是碰上月黑风高的夜晚，或许这点钱还对付不了。因为发生了这样的事，费去了不少时间，进旅馆门时已是九点半左右了。虽是初识西湖，但从诗词小说中对湖畔的地理已接触不少，大致心里能够判明。旅馆的所在地在涌金路的左边，正门对面是一家称为“西湖凤舞台”的剧场，后门便面对着月下茫茫的湖面。站在阳台上向前望去，可见远处湖对岸吴山的山影比夜空的颜色稍稍深一点，蒙蒙然如烟霭一般隐隐飘摇。著名的雷峰塔应在其再偏右的方位，但无论月夜是多么地皎洁明净，塔状物毕竟为迷蒙的夜雾所笼罩，很遗憾未能一识其秀姿。然而在遥远的湖的那一边，比对岸淡淡的连绵的山影稍稍清晰的是在水面上簇立着的黑魆魆的一片树林，这也许就是我憧憬已久的三潭印月或是湖心亭的岛影吧，这么一想，我心中不知怎么的竟像是遇见了恋人似的感到一阵欣喜。传说中白乐天修筑的白公堤，孤山山麓的林和靖的放鹤亭，以文世高和秀英小姐的爱情故事而著称的断桥旧迹，宝石山上的保俶塔等等，就在这家旅馆的后面或是左近，但在阳台上却无法望见其半点形迹。真想在今晚就雇一叶小舟行到苏堤六桥一带去看看，无奈时间已晚，便决定明晚定定心一边赏月一边泛舟湖上。

正如火车上的商人告诉我的那样，虽是中国人经营的旅馆，却非常地整洁干净。整个建筑都是西式风格，有阳台一侧的十几间客房门口，都一一放置着植有菊花的花盆，房内的设施也一应俱全，床的摆设式样等令人相当满意。侍者也与刚才的车夫大不相同，像是个挺不错的人，会几句英语。只是有一件不方便：没有浴室设备。没有办法，便信步走到户外，在迎紫路拐角上的一家澡堂内泡过后，顺便走进一家附近的饭馆吃了晚饭。菜里有一样东坡肉，据说从前耽爱西湖山水而在杭州长期居住的苏东坡嗜爱此味，令人制作了此菜，故云东坡肉。这与西菜中有夏多布里昂①一品恰成双璧。这是一品以浓稠的暗褐色的汤汁将猪肥肉长时间炖煮成如豆腐般酥软的菜。说起苏东坡，听起来像是一位相当超凡脱俗的诗人，实际上却是以此滋味浓郁的猪肉佐酒，常与自己的爱妾朝云结伴同船出游，想到此，中国人的情趣是怎样的一种内涵大致也了解了。吃完饭回到旅馆时是十点半前后。月色太美，一时不想入睡，便依靠在阳台的藤椅上，欣赏着湖面的景色。这时我蓦地发现隔壁房间的门前，有两位女子正隔着小桌相对而坐。在栏杆的阴影清晰地投照下的门廊式的地板房间里，青白色的月光宛如晨霜一般皎洁，所以两人的服饰和脸面虽有些朦胧，却可辨识。毫无疑问她们正是我在火车上见到过的那位漂亮小姐和像是其姐姐似的女子，大概和我一样也是从上海到西湖旅游来的吧。即便如此，两个女子单独出门却颇有些怪异，或许房中还有带她们来的男人吧。我正想着，两个人大概注意到了我，便悄悄地退入到门里边去了。

---

① 夏多布里昂(1768—1848)，法国作家，法国浪漫主义文学的主要代表。被称为“夏多布里昂”的菜肴是一种在网架或是铁板上烧烤的肉食品。

今天早上八点左右起了床，未用早饭，而以杭州的名产火腿当菜吃了炒饼，然后在阳台上来回踱步，发现隔壁房间的门洞开着。不知怎么的，心里惦念着昨夜的两位女子，便悄然在其门前走过，窥视一下房内的情景。果然除了她们俩之外还有一个男的。也许是姐夫吧，是一个三十岁左右，脸长长个子高高瘦瘦的男子。两位女子像是才起来刚洗漱过的样子，姐姐正给坐在镜前的妹妹梳头。不一会儿，三人走到了阳台上，围着和昨天同样的桌子开始聊起天来，年长的女子依然是手不离绒线的编织物。那男子的相貌与小姐颇为相像，我当时猜想，她大概是他的胞妹，而年长的女子也许是她的嫂子。小姐的脸比昨日在火车上见到时更为楚楚动人，这或许是栏杆外如丝绸般轻柔的微波荡漾的浅黄色西湖水和秋日早晨清爽的空气在其容貌上增添的效果吧。她穿着的一身青瓷色的上衣和裤子，在这样的时刻这样的地方真是相当地和谐妥帖，令人怀疑她是为了使自己的姿态融入湖光山色的画面中而有意从众多的衣裳中挑选出了这一套穿着来到了杭州。其料子是一种底子带有雅致光泽、如细柱柳一般熠熠闪光的缎子，我昨天没注意到，原来在青瓷色的面上还用同样的颜色栩栩如生地织上了像是孔雀尾羽上的斑纹一样的图案。在上衣和裤子的边上，用浅石竹色的绢丝滚上了边。总体上说，中国女子的小腿和脚部长得修长明快，与西洋女子相比也并不逊色。坐在椅子上的她，将双脚搁在桌子的横木上，双脚的线条从裤脚到淡乳色的袜子这一段，渐次变细，在脚踝周围的部分细窄得几乎都是骨头，然后慢慢地又有了肉，在其前端部，穿着一双刚能遮没脚趾的浅色的白缎子鞋，令人觉得宛如鹿脚一般地轻巧雅致、楚楚动人。当然不只是脚，那戴着金表的手腕，也同样地纤细秀美。稍稍有些长的脸上有一个希腊式的秀挺的鼻子和一张唇部饱满的小嘴，带有孩子气的神情显得有点心不在焉的脸上，透发出一种令人感到是出身于高贵家庭的优雅的气度，然而同时却流露出一种病恹恹的、缺乏生气的、慵倦的神态。黑黑的大眼睛里没有灵动的生气，应是红红的嘴唇却带着茶褐色，有点发暗。肤色说是青白，却是有更多的青灰色，因为显得有点暗黑。光洁细腻的肌肤犹如玉石一般带有一种冷冷的坚硬，稍稍一瞥似是玲珑澄澈，但却使人感到这像是一池旧水塘，往底部搅动一下的话，沉淀的浊水就会咕嘟咕嘟冒上来似的。尽管如此，这位小姐比昨天更令我动心的，也许就是从她全身中体现出来的病态美吧。说起女子，中国人是推崇那种神韵缥缈，一阵风吹来就会消失似的柔弱纤细、柳腰花颜的姿态，也许由他们看来，这样的女子才是东方式的——中国式的美人的典型。前面已讲到中国的妇女大抵都长得娇小童颜，夫人也好姑娘也好很难猜测她们的年龄，这位小姐若是其发型不是梳理得像女孩一般，若是其五官的某些部分不是带有一种朦胧的孩童的稚气，那么从她那如雕刻般端庄匀称而秀丽的容貌来看，也许比她的实际年龄显得更像一个大人。我暂且先猜她十六七岁，即使按虚岁算也未必会有十九岁吧。

我打算在这儿待一个星期，细细地看看各处的名胜古迹，想先大致地察看一下这儿的情形，于是早上雇了一顶轿子沿湖畔走了一圈，傍晚四时过一点，疲惫地回到了旅馆。本想今晚尽心地观赏一下月夜的景色，因此在昨晚就预订了一艘画舫，然而实在是太疲乏了，累得都不想动了，于是暂且又坐靠在阳台的藤椅上，茫然地望着眼前的景色，陶醉在黄昏的湖山风情中。昨晚已是黑夜，周围已看不清，在阳台下是一个庭院，莲池的四周遍植了柳树、山茶树和枫树。池边有个小小的六角亭，从亭子的石阶到亭内的石板地上，摆放着很多盆菊花。围绕庭院的粉墙上爬满了藤蔓。墙垣外的路上，围聚着一大群人，原来是路边卖艺的人挥舞着刀剑在表演着什么。《水浒传》中常有描写英雄豪杰在街头舞枪弄棒的场景，也许就是以这样的人为模特儿的吧。那儿是延龄路的一个宽广的十字路口，有很多人在那儿闲逛，也有挑着甘蔗沿路叫卖的商贩，很是热闹。十字路口的右边是临湖的石垣，岸边的码头上系着几艘画舫，旁边停着几台银铃上垂着红缨的美丽的轿子。

将视线转向城对面的湖上，在吴山后面逶迤连绵的慧日峰和秦望山之间，夕阳宛如闭上了困乏的眼睑似的正静谧地安闲地渐渐沉落下去。昨晚没能看见的雷峰塔离吴山也就咫尺之遥，透过南屏山烟霭迷蒙的翠岚高高地耸立着。建于距今近千年的五代时期的这座塔，呈几何形的直线已颓败得像玉蜀黍的头似的，然而只有其砖瓦的颜色尚未完全褪尽，在斜阳的映照下愈加反射出红灿灿的光来。我不意在此欣赏到了西湖十景之一的“雷峰夕照”。比塔更靠右一点的遥远的湖上的岛影，正如昨夜所猜测的是三潭印月。在岛的东面于绿树掩映中有一片耀眼的白色物，恐怕是退省庵的粉墙吧。有湖心亭的小岛又在更右边，位于我放眼所及的浩瀚的湖中央，像是被浩渺的烟波围裹着，又像是被舍弃在一旁。再一看，有一叶轻舸从杭州城的清波门畔的柳影中，一直线地滑向雷峰塔下。湖面太平静而轻舸太微小，因此看上去就仿佛是一只蚂蚁爬行在榻榻米上面。就在眼前的亭子湾也有一叶扁舟出发朝仙乐园的岬角方向划去。这艘小船上只有一个船老大坐在中央，用手和脚同时划动着两支桨。不知何时夕阳已完全沉落了。西面山峦后的天空不仅没有暗淡下去反而明亮起来，渐渐地渐渐地燃烧成一片通红，于是半边湖面被染成了一泓红墨水。

那对漂亮的姐妹出去游览尚未归来吧。今晨被她们占据的阳台上的桌子边，有一个穿着大方格罗纱上衣的胖胖的西洋妇人独自支着脸颊坐在那里，那件上衣看上去就像肥大的睡袍似的。我漫不经心地从她跟前走过，这时，她突然用日本话对我说：

"您是从东京来的吧。"

"不，不是从东京，而是从北京来的。你在东京待过吗？"

"是，在东京、大阪、神户都待过。所以会一点日本话。"

我猜想她一定是从上海一带到此地来卖春的，于是便搭上去说：

"怎么样？你要是一个人，跟我一起出去走走吗？"

"不，我不是一个人。我是和丈夫一起来的。"

和丈夫一起来的就无戏可唱了。不得已，今晚还是一个人到迎紫路上的澡堂去吧。

*

吃完晚饭后，从旅馆后面的码头上坐上画舫出去已是那天晚上的九点左右了吧。船沿着东岸从涌金门朝柳浪闻莺的方向划去，我坐在船头上，这时天空中一丝云翳也没有，我满身沐浴着皎洁的月光。西湖周围的山峦，湖畔的如女子细发般地低垂的杨柳，有时甚至连岸边的楼阁都一一清晰地倒映在水面上，这是一个怎样清朗澄净的夜晚，由此大致也可想象了。以前曾在浔阳江边的甘棠湖赏月，还记得巍峨的庐山的雄姿清晰地倒映在水上，不过今晚的月亮较那时更加明朗，且湖面也远较甘棠湖开阔。即使水面不是很开阔，在这样的月夜也要比实际的面积显得更加浩渺辽阔。随着船离陆地越来越远，我眼前荡漾着的一泓湖水仿佛腹部鼓胀起来似的不断地从底部往上涌起，随即将湖岸推向遥远的那一方。这里要稍微说明一下的是，西湖景色的美，我想主要在于其面积不像洞庭湖、鄱阳湖那样大得浩瀚无边，而是一眼即可望到尽头，却有一种苍茫迷蒙之感，湖与周围秀丽的山峦丘陵相映成趣，极为协调。有时会感到它相当地雄大壮阔，有时会感到它又如盆景般地小巧玲珑，湖里有湾岔，有长堤，有岛屿，有拱桥，晴雨朝夕景象不同，犹如一幅长卷在你面前展开一般，所有的景物都会同时映入你的眼帘，这就是西湖的特色。今晚也是这样，随着船的向前行进，觉得湖面像无止境似的越来越开阔，然而陆地却绝不会从地平线的那一头消失。不过这实际上就在岸边的山峦树林，却令人感到仿佛远在地平线的彼方。在举首环视了四周的陆地之后，我将目光投向了下面，渐入我的视野的便是一大片的水波，不知怎么觉得船好像不是在水上行驶，而是正在不断地沉落下去。要是人真的能以这样的心境，随着船的轻轻悠悠的摇晃而渐渐地沉入水底的话，溺水而死也就不是那么痛苦的事，投身水中也并无什么可悲哀的了。而且在皎洁的月光下，这湖水宛如深山幽谷中的灵泉似的澄澈清冽，在如镜的水面上若无船的倒影的话，简直无法分辨从哪儿起是空气的世界，从哪儿起是水的世界，一直可清晰地透视到湖底。我躺在吃水很浅、如草履般轻薄的船上，在水和空气相交的平面上轻轻地向前滑行，有时几乎感到已完全潜入到了水的世界中，觉得奇怪的只是何以身体却并未濡湿。把脸探出船舷凝视湖底，其深度不过二三尺或四五尺。林和靖有句诗云“疏影横斜水清浅”，大概就是指西湖，此“水清浅”的涵义和美，我今晚在凝望这湖底时才品味出来了。我刚才描写说，其水清澈如深山幽谷中的灵泉，然而光此词语毕竟还不足以表达我此时的感受。因为此处荡漾着的三四尺深的湖水，不仅如灵泉般地清冽，而且有一种异样的，像凝脂般的柔滑，如糖饴般的黏稠。若以手掌掬起数滴湖水晾置于空中，在冷冽的月光的映照之下也许会凝成水晶吧。在这浓稠厚重的湖水中，我们的船桨不是轻快地摇动着驶向前方，而是黏滞地费力地推开水面前行。有时我们的桨暂离水面时，这湖水便泛着银光，像一袭薄绢似的蒙罩在桨上。说水里含有纤维也许有些不可解，但确实令人感到这湖水是以比蜘蛛丝更细微的，而且奇妙地富有柔韧弹性的纤维织成的。简而言之，这水虽是相当清澄，但却不是轻灵而是含有凝重的内涵。之所以会有这样的感觉，其原因之一也许是水底密集地长满了青苔般的细碎的藻草，犹如柔软的天鹅绒地毯似的反射出墨绿色的光泽吧。事实上，除了将它比喻成编织精巧的、具有惊人美丽的光泽和滋润的天鹅绒外，实在找不到其他贴切的言辞。而天空中的月亮女神为了要使这天鹅绒的质地更加富有光泽，以无数根细长的银丝在整个湖面上绣上了逶迤蛇行般的波纹。人世间若有这样美丽的织物，我真想将此披挂在我十分喜爱的在东京的女演员 K 子身上。倘若这湖里有仙女的话，她所穿的斗篷的颜色必是这天鹅绒无疑。湖水太浅，稍不留神船桨便无情地搅乱了这天鹅绒般的湖面。“扑”地一下犹如尘埃随风扬起般地，湖底的浊泥划着圆圈像烟雾一样地浮了上来。

船经过了柳浪闻莺的前面之后，转往西面向湖中心划去。左岸有一片密集而低矮的黑魆魆的树林，恐怕是桑田或是什么果园吧。再往左岸一看，不知何时船已调转了方向，令人目眩般地，周围突然间开阔起来，宝石山上的保俶塔宛如就要沉浸在水波中的桅杆似的，在淡淡的烟雾中，矗立在遥远的天空中。其左边的葛岭的山脚下，有点点灯火在忽悠忽悠地闪烁，那是新新旅馆吧。从这儿向前眺望，湖对岸像是非常地遥远，西湖恍若大海一般地辽阔。但作为海，这水面又过于平静，看不到一点波浪。甚至可以想象我的躯体就如一叶小虫，被置放在一个巨大的大理石的圆盘中。我记得小时候自己站在原野中，闭上眼睛转上几圈后又突然间睁开，常会感到如今晚这般辽远的、令人目眩般的天地的雄浑壮阔。然而更使人感到奇怪的是，这样开阔的湖面，不论行驶到何处，水依然只有两三尺深，或是最多只能浸没到人的胸口处。此时我深切地感到，西湖不是湖，而仿佛是一个巨大的池塘似的。巨人要是制作盆景，一定会造出像西湖这样的景观来。这湖是如此地平静，其湖面能如此清晰鲜明地映照出所有的物象，归根结底是因为湖水是如此地清浅，不能掀起波浪的缘故吧。就像在水盆中也能映出山影一样，即便只有两三尺深，水还是水。船的正前方是苍郁隆起的孤山，其左面则是低矮绵长的、如女性优美的曲线般起伏的天竺山、栖霞岭、南高峰、北高峰诸山，似要消融在月光中似的朦朦胧胧，然而其壮严的山影还是一一倒映在湖上，当你目接此景时，你怎么会有闲暇去想到湖底是那么地浅呢！

“喂，把船在这儿停一会儿。”

船正好划到距湖心亭七八百米远的地方，我突然对船老大说。船老大也不明白我为何要在此停泊，便搁起了桨坐在了船尾。画舫犹如失去了舵的小舟似的，在湖面上缓缓地画着圆圈随波轻轻飘荡起来。左舷的不远处，雷峰塔的长长的影子落在水上，好像鳗鱼似的在飘飘忽忽地扭动。此外没有一件物象在动。要有的话，那就是在塔的左面天空上一点点在向右面移动的一轮皓月的投影了。在遥远的孤山山麓下，我猜想是文澜阁附近的地方，可见一燃烧得红红的篝火。侧耳倾听的话，在死寂的沉静中，不知从何处传来了飘飘悠悠的笛声……

我蓦地低下头来凝望着水面。亦不知何故，其湖面如玻璃似的闪着波光，那样清澈可直视无碍的水底竟然看不见了。再凝神细视，虽无微风，却如同积水在地震中摇晃似的，湖面上像绉绸似的荡起一阵涟漪，细微的碎波，极其神经质地在不安地颤动着。

就这样在湖上飘荡了三十分钟左右，我们的船再次划动了。划过了湖心亭和三潭印月之间的湖面，我们来到了阮公墩小岛的左边，然后向将西湖截成东西两片的苏堤划去。长长的湖堤上，不时有一丛丛桑树，点缀其间的夹道柳树，低垂着婀娜多姿的仿佛被水浇湿似的枝条。传说是由苏东坡修建的苏堤天桥中，从左边数起的第一座桥映波桥和第二座桥锁澜桥掩映在树丛之中，而在我们的船行前方的第三座望山桥和第四座压堤桥呈弓形展现在面前。

“喂，穿过那座望山桥到那边的湖里去看看。”

“到了那边也没什么可看的。而且那边的水很浅，湖里长满了水草，船不容易进去。”

船老大显得有点为难。

“船行不易也没关系。能进到哪里是哪里。”

我坚持要去，他只得勉勉强强地将船划向望山桥的方向。

爬着藤蔓的古老的石桥，在水面上映出了圆圆的拱形，我们的船仿佛是在整个的圆环中穿行。船在桥下穿过一半的时候，突然船底下发出了吱吱嘎嘎的声音。船老大说得不错，那一边长满了长长的水草，犹如随风摇曳的芒穗一般轻轻晃动，仿佛像熊掌触摸似的使劲地缠抚着船底。不过，大约划了十几米以后水草渐渐稀少起来，水好像又深了些。就在此时，离船五六尺远的水中好像漂浮着一样白色的东西，摇近一看，有一具女尸躺在水草上。虽有一层好像比玻璃更薄的浅浅的湖水冲荡在她仰卧的脸上，但在月光的映照下女尸反而呈现出比空气中更明晰而年轻的容貌。女尸就是昨天在火车上、在清泰旅馆的阳台上几次见到过的那位美丽的小姐。从她双目紧闭、双手交叉地搁在胸前、安详地躺着的情形来看，恐怕是想定后的自杀吧。即便是这样，其表情上却未有一丝痛苦的痕迹，她是采用了何种自杀方法呢？稍稍瞥一眼的话，你会觉得她并没有死，而是安闲地睡着了一般，她的脸上闪烁着一种安详甚至是灵动的光辉。我从船舷中尽可能地探出身子，将脸凑近到尸体的脸上。她的高高的鼻梁几乎要露出水面，我甚至感到她的呼吸仿佛吹到了我的衣襟上似的。像雕刻似的过于生硬的脸部轮廓，也许是浸湿在水中的缘故吧，反倒像一个真人似的柔软具有弹性，青灰色的甚至有些黛黑的脸色，也如洗去污垢似的重又恢复到了白净的模样。青瓷色的缎子上衣，在清朗皎洁的月光下也隐去了其青颜色，而闪射出如鲈鱼鳞片般的银色的光辉。

我忽然注意到，搭在胸口的她的左手上，戴着我今天早晨还曾见过的那个小巧的金表，表上显示出十点三十一分的时刻，还在走着。连在水中的那细微的表针在走动都能清晰地看见，诸君就可以想象这是一个怎样澄澈清朗的月夜了……

*

这天夜里打捞上来的她的尸体，第二天早上临时被安放在清泰旅馆的一间房内。她的名字叫郦小姐，毕业于上海的一所教会学校，今年十八岁。听她兄嫂说，小姐日前不幸染上了肺结核，为了让她住到宝石山肺病医院疗养，两人顺便带她来了杭州。但是软弱的她恐怕是觉得自己患上了不治之症，便绝望地决然辞别了人世吧。昨晚瞒着兄嫂偷偷地服用了鸦片，从望山桥畔将含了毒的身体沉到了清浅的水底。

我听了这番叙说，不禁想起了与她同样死在西湖之畔的六朝名妓苏小小来。苏小小的墓冢至今仍在西泠桥边，遮护墓冢的慕才亭的四根石柱上，镌刻着多首悼念这位薄命佳人的诗句，集录如下：

金粉六朝香车何在；
才华一带青冢犹存。（叶赫题）

千载芳名留古籍，
六朝韵事著西泠。
湖山此地曾埋玉，
花月气人可铸金。（皮淋集）

桃花流水杳然去，
油碧香车不再逢。（徐兰修）

花须柳眼浑无赖，
落絮游丝亦有情。（孔惠集句）

灯火珠帘尽有佳人居北里；
笙歌画舫独教芳冢占西泠。（平湖王成瑞）

庐山日记[①]

大正七年(1918年)十月十日　晴

上午十一时醒来，又是晴空。自北京启程以来已连续一星期的快晴，此真乃罕见。上午记日记，续庐山志。今日是星期天，至对面天主教堂做礼拜的中国人甚多。教堂的钟声在空中悠然回荡。

下午四时左右，与田中氏及恰好来访的太田氏一同入九江市的华人街区。自租界通往中国人街区的地方有两处石制的拱门，穿过拱门右折，再拐入左边的小巷即到了龙池寺前。此寺的开门祖据云乃晋时的慧远。跨过寺前的拱门，在湖畔有一码头，左侧有一垃圾堆，满是尘埃。码头的石阶下有六七个年轻妇女正蹲在水边起劲地洗着什么。

---

① 此篇原载大正十年(1921年)九月号《中央公论》，原题为《庐山日志》，此处译自《谷崎润一郎全集》第七卷，中央公论社1981年版。

唤来在烟水亭边憩息的船夫，坐上船往湖上去。亭的右面是一长堤，上植杨柳，右舷方可见九江城外的房屋依次排列在岸边的石崖上，有红色的柱廊，灰砖砌成的阳台，还有如锯齿般蜿蜒曲折的土墙，这些房子都有通往水面的石阶，不时还有突向水面的码头；左舷方可见九江的城墙，城外的教室、学校、丘陵，对面则耸立着能仁寺的七面八层的砖塔（据传此寺创建于梁武帝时，宋仁宗时白云瑞师曾居住于此）。塔稍右处，淡淡可见庐山苍郁的山脉，一直绵延伸向右边的城市上方。随着船渐渐地离开湖岸，右舷方的城区的突出部也渐次展开，并且前后方出现了一长溜紧密相接的人家。西式的楼阁和粉墙的屋舍渐渐地消失，映入眼帘的是如流动商铺似的用草席和板壁围搭起来的粗陋的小屋和后面屋檐相接甍瓦连片的市区，城墙那头的学校的建筑，宛如伸手可及。回首返视刚才过来的那一边，那座天主教堂的两座哥特式的尖顶，载着十字架卓然立在空中。

登上烟水亭后访寺院的正殿、客堂。上悬有“鸢飞鱼跃”一匾。穿过正殿左右两侧的拱门，临水之处即为客堂。白色的围墙上亦有窗，可眺望水上的景色。墙垣上藤蔓交缠。又至左边的客堂，由此望出的湖面风景殊美，最宜远眺庐山。故悬有“才识庐山真面目”一匾。

出烟水亭再坐船往长堤。阳光穿破天空中的薄薄的云翳，在右舷的湖面上投射出两三束强烈的光柱。不觉间庐山已沐浴着夕阳的余晖，颜色与刚才渐有不同，在黛蓝色中不时清晰地露出几片柔缓的茶褐色的皱面。宛如前山在山后的天空中透出的阴影一般，此后还有一片更高的、逶迤蜿蜒、苍郁沉黑的山脉。据太田氏说，这后面还有一片山脉，山峦呈三重状。在前山右侧山巅下稍低的地方，在茶褐色的洼陷中有一稍稍泛出白光的建筑，据说此为牯牛岭的西洋馆。庐山的山襞一直伸向远方，在与市郊相连的地方呈起伏的深黛色丘陵状，其间升荡起了鱼肚色的暮霭。堤防上有十几个年轻的市民自右向左在信步闲走，黄昏的湖风吹起了他们长衫的下摆。当是学生罢，其神态甚为风雅。左舷一带有很多晾着衣物的竹竿。

船抵天花宫一侧的长堤。堤上植有其底部已浸入水中的高大杨柳树，茂密的柳枝一直垂及遥远的彼岸。里湖的水，水色青绿，有些轻波微澜，而另一侧的湖水则是白涟涟的一片波平浪静。从堤上往右行，可见渔夫们有的正在修船，有的在晾晒着渔网，有的在摆放织网的工具，还有不少人手挎着装满鲫鱼似的鱼的鱼篮往回城的方向走去。里湖对岸左面的丘陵上多松树，田野的景象与日本相近。天花宫的外面有银杏数株，树干呈暗黄色，也许是紫苏色，或是已褪为铁屑色。从长堤的西端尽头回首顾望，其树叶在粉墙背景的衬映下，枕湖临水，其美难以言状。从梳妆亭的六面三层的精巧建筑的屋瓦间及枝叶丛中，隐约可见姑娘们的身影。又坐上船开始往回划。与我们的航线呈直角地从城外左边方向划出来一艘画舫，船上并排坐着一位穿玄色衣服的青年和一位穿水色衣服的女子，此外还有两三个客人。无数的鸟群从空中飞过，鱼儿跃上水面，有几十只燕子在我们船前忽上忽下地轻轻掠过。夕日正渐渐沉入水中，显得愈加通红，一直线地映在船左边的水面上。不觉间倏然发现庐山的山色又一次发生了变化，山腰以下已完全笼罩在一片淡褐色的暮霭中。

从船上登岸后，与太田氏相别，请田中氏作引导，由西门进了城。似乎是刚有一列火车到达，由狭隘的门内入城者甚众，有无数的轿子、挑行李的脚夫、士兵等，行人如织。地面上满是泥污，抬着一个士绅的轿夫一失足跌倒在城门内。挑着烧卖等卖的小贩穿行在拥挤的人群中。在街上可见挂着印花布和毛皮等的商店。买了九江的名产陶瓷器、纸等，逾六时归。明日将与太田氏等同登庐山。

十月十一日　阴

上午八时半起床，十时用罢早餐时，太田氏来接我。将行李交由挑夫，往大元洋行，坐上在近旁牯岭公司的轿子出发往庐山。时为上午十一时半。

从架于龙开河上的大桥桥堍往左去市区。依然是狭窄的市街，杂沓的行人，太田氏所坐的轿子应该就在不远的前面，但为熙来攘往的行人所遮蔽，连影子都无可见，已而往右折，出市区，在左为甘棠湖、右为龙开河的中间，一条道路如一缕细丝般地向前延伸。一路可见烟水亭朦胧如烟的柳荫、能仁寺的塔、天花宫的粉墙、三层楼的梳妆亭，一一在左边逐渐消失。里湖西岸的山坡上不时有一处处墓石，其间有牛群徜徉。不久道路蜿蜒地转入芦花茂密的小山间。不时遇见对面过来的僧侣。又有一人牵着羊走过。稍稍有些阴沉的天空上，飞翔着老鹰和喜鹊，庐山一片苍翠，在我们眼前展开。整个山体郁郁葱葱，可见一些细小的山峰和山谷，正前方有一最高的、如日本古式礼帽似的双峰，其左面为稍低的、较为平缓的一连山脉，而其右面又是呈礼帽形的山峰和如互竞高低似的兀然突立、宛如屏风一般遮去了一大片天际的峭壁。这一脉山峦面积非常之广，在其右侧另有一稍低的山峰，陡峭如削，山峦到此也戛然而止。在左面的小山峰上空，有一列鸿雁，远远地小小地，像一圈念珠似的从左缓缓向右飞去。其情景恰如水中漂浮的水藻，随意形成形态不一的圆状，有时像抛撒渔网似的漫散成一个大圆，有时像烟火的余烬一般，歪歪斜斜地仿佛快速从天上掉落下来似的。此外，在苍郁的山峰前也有雁群，鸟类异常之多。不知何时，路两边展开了一大片水田，水田里照例有水牛在憩息，再往上行走一段，路上有黑色和白色的小猪在东走西荡。前方庐山山麓有一片起伏的丘陵。沿途不时地有些可供脚夫买草鞋、喝茶小憩的屋棚和茶舍。在这里歇息了两次后，不觉已登得颇高了，右边可望见一个宽广的湖，此为塞湖。回首望去，塞湖的右方还有甘棠湖。再远处，有一略呈黄色的水带，浩浩茫茫从右向左汇入天际，此为长江。江对岸又有湖，放目望去几乎皆是水。只有在甘棠湖的前方，我们刚才一路走过来的丘陵如牛背似的横卧在眼前，天和水都被阴沉沉的铅色所包裹。在庐山中央高帽形的山峰前面，有一派如宝石玉珠般缓缓起伏的山峦，使庐山的山容显得透亮起来。这颗玉珠上刻有三处深深的皱痕，在青黛色的烟霭上面显出了茶褐色的山肌。在右边的峭壁前也分出一脉山峦来，此为大林峰，在此右侧有一如瘤子般突出的山峰，顶上有几处丛生的树木，据云此为香炉峰。

又坐上轿子前行。左面是满是秋芒的山坡，右面沿着塞湖是一片平野。这一带的树木，杨柳渐趋减少，在空旷的原野上散散落落地可见松树、银杏和唐栌等树木，有些树叶已转红。行不久，左面隔着小河有一座小小的三重塔，此为廉溪寺。此寺乃为祭祀周廉溪所建，仅有一座小塔和低矮的粉墙堂宇，河上有一座廉溪桥。这是一座桥面上爬满了藤蔓的风姿优雅的拱桥，在水里投下了倒影。就这样我们进入了一座称为十里堡的小村庄。村街上的榛树枝叶从这边屋顶一直伸到对面的屋顶，树荫蔽日。又在此小憩。高帽形的山峰渐次从我们的左侧逼近过来，逐渐地我们已来到庐山的怀抱中了。下午二时终于抵达登山口的莲花洞。到这里一直是可通行汽车的平坦大道。

左面有一树木蓊郁的山峰。刚才所见的如刀削斧劈般的山峰，分成几脉在后面展现开来。可听见路边淙淙流淌的溪流声。在山麓的牯岭公司处逐渐追上太田氏，在二楼要了茶，吃盒饭。轿夫等在对面的茶屋里吃饭。从九江到此地相当于日本的四里路。听说这一带山涧，天气转寒时常有老虎出山来害人，山中也栖有豹等猛兽。

终于上了山路。几乎都是陡峭的石阶。我自然地就仰面向上，双脚触及前面轿夫的腰部。两边是连绵的高峰、低矮的树林。前面的太田氏也是仰面朝上，其戴着圆顶礼帽的情状看上去极为风雅。身穿深灰色僧衣的和尚在我们前前后后行走着，其左肩背着白色的布袋，头戴四角方帽，长长的僧袍下脚蹬僧鞋悠然地向上行走。每当走过一段石阶出现一片平地时，轿夫们总要稍息一会儿，以喘口气；抬轿时也常换肩。沿着乌龙潭的山谷向上攀行，长江、塞湖及江边湖畔的田园也愈益开阔地展现在眼前。寒意逐渐深浓，在层峦叠嶂的远处山顶上，可见积有白雪。已而来到了蹬道中最为险峻的一段石阶。轿夫在中途又休息，遂将我们“卖”给了别的轿夫。

果然极为险峻，而且几乎是一直线的石阶，令人想起旧时箱根[①]的山道。途中不时遇到下山的西洋老妇和男子。这条路登到尽头时，左面有一供人休息的茶棚。右面面对大林峰，底下是数千尺深的溪谷。屹立着的山峰斜坡上，不时露出一处处黑如煤炭的岩石。在山峰的开豁处，可见山谷的对面长江如一抹白云张开弯弓直冲天际。远处的山麓有西林寺的白塔，掩映在塔右面松林间的应是东林寺，然而其旁侧的香炉峰却不得见。

迎接太田氏的人来到了这里。步行约两三百米，在相隔一峰的山谷的台地处，始见牯岭的中国街。从这里过去据云尚有一里路，于是又坐轿前行。树木渐稀，左右两边的山上出现了累累的奇岩怪石。有的如斧劈般地直插谷底，有的恍如从头上悬落下来似的，山麓就在三千尺的绝壁间沿着这些岩石崎岖地向前曲折延伸，或上或下，这儿似乎是最为峻峭最为危险的部分。而且每当长江出现在山的突角处时，就不断地形成了右边的一片天空。

不久抵达中国街。太田氏往左前，我则向右拐，离开中国街，沿着尽是圆石的溪流来到了大元洋行支行。此地

---

① 箱根在东京西面的神奈川县境内，多温泉，附近有芦之湖等，是关东的旅游胜地。

两边尽是山峰，无可眺望，颇为荒凉。

十月十二日 阴

上午八时起床，天空依然是阴沉沉的。寒意颇为凌厉。逾十时，随做向导的妇女去附近游览。出旅馆后行不久，从对面的山谷升腾起一片状如棉絮的白雾。路左侧有一奇岩突出，其下便是所谓的锦涧溪，深不知几丈许。对面似是大林峰，然谷中雾霭弥漫，无可见。此山谷中常起云雾，夏日往往有晴日，而现时的季节早晨不宜眺望。今日出门似稍嫌早，颇遗憾。沿溪右前行来到了一片平地。雾中可见中国人的旅馆，路边生长着不高的银杏树、松树和石楠花等。地面多为岩石，其间不时有清溪流过。越往前行，雾气越重，眼前只是一片白色的雾海。山路略呈下坡状时，隐约间有山姿展现，山上似有四方形的房屋朦朦胧胧地浮现，此为御碑亭。登上后在石砌的亭舍中小憩。左右两边似有锦涧溪流淌的山谷，然为缭绕的云雾所遮蔽，无可见。据云清朗之日可远眺长江、塞湖。

从御碑亭一旁沿山谷有一条下坡道，行一二百米抵仙人洞。洞的岩壁上刻有“洞天玉液”几个大字，岩洞中祭有天帝。洞内有一水池，集聚着洞窟深处滴下的清水。此为“一滴泉”，据云掬水而饮，可得贵子。此时御碑亭亦为云雾所蔽，已不可见，前边的溪谷上白雾更浓，凝成团团云气在弥漫飘荡。真是仙人所居的岩洞。出此洞，归返御碑亭，沿山峰的背脊行向天地。风稍稍大起来，云气雾团从左向右越过山峰浮游而去。此时山谷的雾霭有些消散，在山峰的突角处冲向天宫的雾团，其状恰如奔腾飞天的苍龙……

（摘自大正七年中国旅行日记）

中国的菜肴[①]

我很小的时候就喜欢中国菜。之所以这样说，是因为我跟东京著名的中国菜馆“偕乐园”[②]的老板，自孩提时代起就是同学，常去他的家，尝过那里的菜肴，于是就彻底喜欢上了那里的滋味。我懂得日本料理的真味，还在其之后，我觉得即便跟西餐相比，中国菜的美味也远在其之上。因而这次到中国去，饱尝本土地道的中国菜肴就成了我的一大乐趣。从朝鲜进入中国的满洲后吃的第一家中国菜馆是奉天城内的“松鹤轩”。那家菜馆在奉天被认为是第一流的，但在中国来说，这不过是农家菜而已。尽管如此，跟东京的“偕乐园”等相比，其美味程度还是不可同日而语。不仅味道好，且其价格之低廉，也令我非常惊讶。还去了一家“小乐天”，那里的味

---

① 此篇原载大正八年(1919 年)十月《大阪每日新闻》，此处译自《谷崎润一郎全集》第二十二卷，中央公论社 1989 年版。

② 1883 年开设在东京的一家中餐馆，是日本早期最著名的中餐馆之一。

道也不坏。我原本听说，在中国本土，中国菜的菜名与日本的也很不相同，但后来我看了一下印在菜单上的菜名，也没有太大的差异，有些还完全一样。只是种类要比日本的中国菜丰富得多，菜单上有许多菜名此前完全没有听闻过。总之，我这次到中国来，惟一没有感到迷惑的就是中国菜的菜名，比起那些在中国待了很久的日本人，对中国菜的了解，我还要更胜一筹。在人家请我吃饭的时候，我也会自己看着菜单自作主张地选自己喜欢的菜肴来点。总的来说，在北方，北京的菜最好。在北京的新世界附近，集聚着许多第一流的馆子，而且风味并不限于一地，有山东菜、四川菜、广东菜，挂着各色菜系的店招。在奉天和天津，即使菜肴做得不错，但饭馆内的桌椅、餐具等都很不干净，让人不觉蹙眉摇头；而北京的那些菜馆，到底要干净不少。若能提供日本那样的一次性筷子自然好，但有好多次都是那些用了很久的象牙筷，我不得不把筷子放在烫热了的绍兴酒内消消毒再用。我听说山东那个地方菜肴很发达，手艺出色的厨师都来自山东，一次去了吃山东菜的“新丰楼”，他们把菜单拿给我看，让我吓了一跳，竟然有五百种之多。这么多的菜品，即便不是全年有备，就是一半，也已经是很了不得了。中国菜中，干货的原料要超过生鲜品，因此这么多菜品的原料常年可以购得和储备，我这一理解大概是不错的。这五百余种的菜品大致可以分为二十八类，列举如下：

一、燕菜类；　二、鱼翅类；
三、鱼唇类；　四、海参类；
五、鱼肚类；　六、鲍鱼类；
七、瑶柱类；　八、鱿鱼类；
九、鲜鱼类；　十、鱼皮类；
十一、鳝鱼类；　十二、元鱼类；
十三、鲜虾类；　十四、填鸭类；
十五、子鸡类；　十六、火腿类；
十七、肉类；　十八、肚类；
十九、腰类；　二十、肫肝类；
廿一、蹄筋类；　廿二、蛋类；
廿三、荪菌类；　廿四、鲜菜类；
廿五、豆腐类；　廿六、甜菜类；
廿七、熏卤类；　廿八、点心类。

第一类的燕菜，汇集了各种燕窝菜，大约有九种，许多都是做成汤羹类端上来的。我觉得与其说是燕窝，还不如说是汤羹的滋味更佳。第二的鱼翅类，是用鲨鱼的鱼鳍做的菜，其菜品大约有十三种。第三的鱼唇类，是用鱼的唇皮还是鱼肉我有一点搞不清，总之是一种用汤煨成的浓浓稠稠的菜，这是我到中国来了之后才第一次品尝到的菜肴。在日本，人们也会赞赏鲷鱼的鱼唇，但中国也许是鱼比较大吧，鱼唇既大又厚，将此切成细条，再用高汤煨烂，初看都不知道到底是何物。第四的海参类，就是日本称为金海鼠的东西，其菜肴大概有二十六种。第六的鲍鱼类就是鲍鱼做的菜。第七的瑶柱类就是贝类的带子做的菜。第十八的肚类，是用哺乳类动物的胃做的菜。第二十一的蹄筋类，是用哺乳类动物靠近蹄的部分的筋做的菜，其状如细丝，又像有一层护膜一般，咬起来比较筋道，呈现出饴糖一般的半透明色，很好看。第二十二的蛋，就是禽蛋[①]做的菜。第二十三的荪菌，就是用竹笋和木菌做的菜，这一类的菜品很丰富，有六十六种之多。有很多木菌是我以前没吃过的。我记得蒙古那边产的木菌叫口蘑。第二十五的豆腐类，我在北京没吃过，到了南方所吃的豆腐，与日本的豆腐完全一样[②]，如果和味噌汤等做在一起，感觉不出与日本豆腐之间的区别。但是有一种称作

---

① 日文原文的汉字是“卵”。

② 据研究，大约在15世纪末由僧人将中国的豆腐传入日本，16世纪逐渐普及，到了江户时期的18世纪，日本已出现了《豆腐百珍》等书刊，豆腐料理已相当兴盛。可参见拙著《日本饮食文化——历史与现实》（上海人民出版社2009年版）第四章第三节《海外来凤：精进料理和南蛮料理》。

“酱豆腐”的食物，从外观来看完全无法判别是什么东西。第二十七的熏卤类，具体我有些不记得了，好像是一种用酒腌制或是炙烤类的食物，其中也有西餐中所用的牛舌。第二十八的点心，是一种在餐间吃的面食类的食物。而且这些菜肴中使用的汤汁，据说有几十种。有一种称为“奶汤”的，是我到了中国以后第一次品尝的，雪白色的，呈现出杏仁水般的颜色，据说是用牛奶或其他什么东西混合而成的。此外，像禽类的内脏等，也要比日本的大得多，有肉，会让人把它误当为西餐中的牛肝。就美味而言，当然远在日本的内脏之上。

不过，在中国也有不少难吃的东西。在著名的武昌的黄鹤楼上吃的海参等，有一股干货的腥臭味，让人难以下咽。北京的东西很好吃，心想到了上海一定也不错，结果完全出乎意料，很难吃。也许是上海的中国菜都受到了西洋菜的影响吧。西洋菜和中国菜在很多地方都很相似，由中国人来做西餐，应该要比日本人做得好吧，实际上却大相径庭。在上海由中国人开的西餐馆，没有一家是让我心动的。由此来看，日本人做的西餐，倒是要好得多。在南方，我觉得中国菜做得好的第一要数南京，其次是杭州。在南京，我听说河虾很出名，其滋味清淡鲜美，应该也会合一般日本人的口味。蟹做的菜也很受好评，不过都不是海蟹，而是河蟹。在长江上捕获的蟹跟日本的海蟹差不多大，做成日本式的菜肴也很好吃。在杭州我曾去过颇为高级的菜馆，但记忆中，一些乡村小店的东西滋味也相当不错。有一种用鸭蛋做成的皮蛋，近来也有不少进入了日本的市场，在中国，皮蛋到处有卖，出外旅行时，也可像日本的白煮鸡蛋那样用来代替饭食。我下榻在杭州的旅馆时，早饭时常吃皮蛋。那一带鸡蛋一个三四分钱，吃几个蛋，再吃一些炒饼，就可当作一顿早饭了，也不必再吃面包。到了晚上，可在日本的乌冬面馆、荞麦面馆那样的地方吃一顿粥饭，那个我记得也是一碗两三分钱。和日本的粥完全不一样，不是那种给病人喝的粥，而是放入了鸭肉等一起煮的，很适合于寒冷的夜晚吃，不过有一股怪怪的生油气，如果改良一下，把这味道去除了的话，也会合日本人的口味吧。

我在中国各地吃的都是中国菜，偶尔也会受到日本人的款待，不过望着那颜色暗淡的生鱼片，总觉得有些怕怕的，怎么也不想动筷。我听说，到了中国吃中国菜，在卫生上也是最保险的。只是中国人会在汤里面乱放大蒜，这一点日本人一定会摇头吧。我虽然并不讨厌大蒜，但吃了以后，直到第二天的小便都会有臭味，一开始真的很狼狈。中国人在日本开的中餐馆，若日本客人来了，好像一般都不放大蒜。

读了崇尚神韵缥缈的中国诗，然后吃的是滋味刺激的中国菜，觉得这里面有明显的矛盾。但又一想，能把这两个极端调和起来融为一体，这才显示出中国的伟大。我觉得能做出如此复杂的菜肴，然后又能痛痛快快地饮食一番的国民，总而言之是伟大的国民。总体来说，中国人中善于饮酒的要比日本人多，但却极少有喝得酩酊大醉的。我觉得，若要了解中国人的国民性，必须要吃中国菜。

中国趣味[①]

说起中国趣味，如果只是把它说成是趣味的话，似乎有些言轻了，其实它与我们的生活似有超乎想象的深切关系。今天我们这些日本人看起来差不多都已经完全接受了西欧的文化，而且被其同化了，但出乎一般人的想象，中国趣味依然顽强地根植于我们的血管深处，这一事实很令人惊讶。近来，我对此尤有深切的感受。有不少人在以前认为东方艺术已经落伍了，不将其放在眼里，心里一味地憧憬和心醉于西欧的文化文明，可到了一定的阶段时，又回复到了日本趣味，而最终又趋向于中国趣味了，这样的情形好像很普通，我自己也是这样的一个人。这种情形在那些曾在海外待了一段时期的人中尤为多见。我这里主要是指那些艺术家。可是现今五十岁以上的士绅，多少有些

① 此篇原载大正十一年(1922年)一月号《中央公论》，此处译自《谷崎润一郎全集》第二十二卷。

教养的人，说起他们骨子里的思想、学识、趣味，其基调大抵皆为中国的传统。年长的政治家、学者、实业家等，可以说没有人不会作几句拙劣的汉诗，学过一点书法，玩一点书画古董的。他们都是在孩提时代便耳濡目染其先祖们代代相承的中国学识，虽有一个时期他们也曾迷醉于洋风洋气之中，但随着年岁的增长，他们又重新复归于先祖传来的思想。我曾从一位朋友那里听到有位中国人这样感叹道："如今，中国艺术的传统在中国本土早已湮灭了，倒是在日本还留存着。"这句话也道出了一部分的事实真相。当今中国的知识阶级，在整体上恰如日本的鹿鸣馆时代[①]，会有很短的一个时期醉心于欧美，但过不了多久，他们就会意识到要保存国粹了。在中国那样具有独特的文化和历史、相对比较保守的国度里，这是不言而喻的事实。

对于如此富于魅力的中国趣味，我感到有一种如景仰故土山河般的强烈的憧憬，同时又感到一种恐惧。何以会如此，别人的情形我不清楚，就我自己而言，乃是我感到这魅力在销蚀着我艺术上的勇猛进取之心，在麻痹着我创

① 鹿鸣馆是由当时的外务卿井上馨倡导、1883年建于东京的西洋式建筑，常在此举行社交舞会和西洋式的酒宴，进出此地的都是身着洋服洋装的上流社会的名媛士绅和各国的外交官、商人。鹿鸣馆成了当时洋风洋气最为兴盛的地方，这一崇尚西洋的时代也被称为鹿鸣馆时代。

作上的热情（关于这一点，我拟另择时日详论，由中国传来的思想和艺术的真髓，乃是主静而非主动，这对我好像是有害的）。我自己越能感受中国文化的诱惑力，对此我也就越感到恐惧。我在孩提时代也去上过汉学的私塾，母亲教我阅读《十八史略》[①]。我至今仍然认为，在近来的中学等地方，与其教授那些枯燥的东洋史，还不如让学生阅读这部充满了有趣的教训和逸事的汉籍，也许这样会有益得多。后来，我曾去中国旅行了一次。虽说我对中国怀着恐惧，但我书架上有关中国的书籍却是有增无减。我虽在告诫自己不要再看了，却会不时地打开二十年前所爱读的李白和杜甫的诗集：“啊，李白和杜甫！多么伟大的诗人啊！哪怕是莎翁，哪怕是但丁，难道真的比他们了不起吗？”每次阅读，我都会被这些诗作的魅力所打动。自从移居到横滨以来，我忙于电影的拍摄，生活在充满西洋气息的街上，居住在洋楼里，但在我书桌左右两边的书架上，除了放有美国的电影杂志之外，还有高青邱、吴梅村的诗集。我在因工作和创作而感到身心疲惫时，会常常拿出这些美国的电影杂志和中国人的诗集来阅读。当我打开

① 《十八史略》，中国元代曾先之所著，后多有增补，内容取自《史记》至《宋史》，是一部中国史的通俗读本，约在室町时代传入日本，江户时代广为人所阅读，明治时代甚至被用作教科书，至今仍有各种注释本出版；在中国本土，清代以后渐渐被人所淡忘。

《活动写真（电影）》《电影世界》《电影故事》等杂志时，我的思绪就飞到了好莱坞电影王国的世界里去了，我会感到蓬勃的雄心在燃烧；但是，一旦当我翻开高青邱的诗集时，哪怕只是接触到了一行五言绝句，就会被他闲寂的诗境所吸引，刚才还在燃烧的雄心和跳跃的思绪，就如同被浇了一桶水似的，冷却了下来。“新的东西是什么呢？创作是什么呢？人类能达到的最高的心境，不就是这些五言绝句所描绘的境地么？”那时，我就会产生这样的想法。我觉得这很可怕。

以后我当何去何从呢？眼下的我，一方面是尽可能抗拒中国趣味，一方面又不时地以一种渴望见到父母的心态，悄然归返到彼处。就这样反复再三，不能止行。

上海见闻录[①]

此次到上海去，最感愉快的是与当地年轻的艺术家们的交往。详细的情形我已写成文章连载在《女性》杂志五月号和六月号上，各位读了后可以知晓。总之有九十多位中国青年人为了我而聚集在一起，举行了自下午三时一直至子夜十二时的盛大的宴会，各位可以由此想象我受到了他们怎样热情的款待。那天还对我拍了电影，我与欧阳予倩[②]一起站在摄影机前拍了特写镜头。宴席上表演了不少节目，我要是不做点什么也很难收场，便醉意朦胧地在桌边发表了一次即席演讲。在演讲中我夹入了一些诙谐的语句，这时在场的约有三分之一左右懂日语的人不等郭沫若君翻译过

① 此篇原载大正十五年(1926 年)五月号《文艺春秋》，此处译自《谷崎润一郎全集》第十卷，中央公论社 1990 年版。

② 欧阳予倩(1889—1962)，湖南人，戏剧家，1904 年至 1911 年间在日本留学，参加东京春柳社，为中国新剧创始人之一，有作品多种，新中国成立后任中央戏剧学院院长、中国戏剧家协会副主席。

来便哄堂大笑起来。然后他们哄笑着互相把人抛举起来。对绍兴酒我自信酒量不小，喝一升左右完全没问题，但那晚大概忘乎所以地不知喝了有多少，喝得晕晕乎乎醉醺醺的，出了会场摇摇晃晃地连步子也迈不开了。郭君见状颇为担心，把我扶到汽车上一直送到了旅馆。我紧紧抓住郭君的肩膀才勉强走上了楼梯，一走进房间便马上一股脑儿地全吐了出来。这样狼狈的醉态十多年来都不曾有过。

当然，在此记叙这些事情并不是表示我个人的欣喜，而是想借此告诉各位，他们对日本文坛的情形是多么地谙熟。听说在中国名气最响的是武者小路[①]君和菊池[②]君。我正好赶上了这个好时节，所以受到了热忱的欢迎。

某日，《神州日报》的余洵君来访。见面时他问道：

---

① 武者小路实笃(1885—1976)，日本现代作家。1910 年与志贺直哉等共同创办了《白桦》杂志，是日本白桦派文学的领袖之一。主要作品有《幸福者》《某位男子》《爱知死》等。鲁迅等在 20 世纪 20 年代曾译介过他的作品。二战期间曾与日本军方合作，战后一度受贬。刊有《武者小路实笃全集》二十五卷。

② 菊池宽(1888—1948)，日本现代作家。倡导清新健康的人生，与芥川龙之介同被视为主题小说的大家。主要作品有戏剧《父归》、长篇小说《珍珠夫人》等。周作人、田汉早年都曾译介过他的作品。1935 年创设了日本最有影响的纯文学奖“芥川奖”和大众文学奖“直木奖”。二战期间曾与军政府合作，出任日本文学报国会的理事，战后一度遭贬。刊有《菊池宽文学全集》十卷。

“冒昧地问一下，你们在日本所得的稿费以多少字为单位？多少钱？”我答说以百字为单位，最低多少多少，最高多少多少。他听后又进一步地细问道：“但我看日本的小说中对话的部分都是一行一行分开来的，这也算一页吗？”我答说：“哎，是的。”他接着又说：“那么，你要是有文稿的话，我想要一张。”我说手边没有文稿，余君就向我提出一个很有意思的要求，他说：“文稿纸你总有吧，你能否给我写一页，短的随感或旧小说的一部分都可以，不要将整页都写得满满的，写一点对话或是零散分开的内容。”我遵嘱写了送给他，余君将此制成照片刊登在他的报纸上。另有一篇文章评述说，日本的小说家仅凭一页就可得多少多少收入，而中国的稿费是以千字为单位，文稿纸上字写得满满的，最高仅可得七八元大洋（相当于日本的十元左右）而已。我们中华民国的文坛还很落后云云。

既是作家又是菊池宽剧作选翻译者的田汉君，可说是对日本现代文学最为通晓的了。有天晚上我们一起到“新六三”①去喝酒时，我说了一个“洋洋得意”②的词，在座

---

① 应是旧址在今西江湾路近四川北路的“六三园”，1912 年由在沪的日本人鹿三郎所建，有林泉池石，并设有日本式的料亭，风雅之士乃至军政要人常在此吟风弄月或商议军机，今已废。

② 日语原文是“脂下がる”，可作“洋洋自得、沾沾自喜”解，不常用。

的长崎出身的艺人和其他的几个日本人大概都不解该词的意思，甚至有人说这是指“下野”吗？可田汉君不仅正确无误地知道该词的词义，而且连我在旧作*The Affair of Two Watches*中曾用过该词都记得清清楚楚，这事连作为作者的我自己都已忘却了，真是令人惊叹不已。

在消寒会的宴席上认识了一流的电影导演任矜苹①君。他对我说，这次拍了一部新片《新人的家庭》，你来看吗？隔了两天，我就到位于法租界的帝国剧院去看此片了。人们告诉我说，比起日本的电影来，中国的电影还相当地幼稚。不过我想，就丢弃本国的长处而一味地模仿西洋以及低级、恶俗这些方面来说，日本也是五十步笑百步，先进的日本恐怕并无讪笑中国的资格。前一阵子在浅草风行的连锁剧，近来渐渐称为“连环戏”的，频频地出台上演，中国在这方面也许尚未达到这样的程度；但至少在《新人的家庭》中，其人物的动作、剪辑、导演等水准，未必在日本之下。较弱的只是摄影和人工光线的使用上。我询问制作几部拷贝，答说通常为七部。我又问：“中国有自己独特的风俗习惯和传统，为何不以此为题材

---

① 任矜苹，浙江宁波人，电影家，导演，20世纪20年代明星公司与新人电影公司的创建人之一，作品有《上海三女子》《风流少奶奶》等，30年代转入报业。

呢？”任矜苹苦笑着答道：“我也很赞同你的想法，但拍片子是商业行为，没办法。”不过女演员在扮演时髦洋气的角色时不穿洋服而是穿中国式的服装，很漂亮。这些女演员，其内质如何姑且不论，外表上都摆出一副见过世面、自以为是的模样，喜欢跳舞，常与自己的靠山或是年轻英俊的男演员出入卡尔顿咖啡馆等。从这些情形来看，每个国家都一样。

这里的日本女人中有的相当厉害，为国内所罕见。日前与M君同去租界尽头处的一家咖啡馆，有个看上去像〇〇[①]的舞女，我们并没有叫她，她却自己硬靠了过来。仔细一看是个日本人，年纪大约在二十一二岁，脸蛋圆圆的，一副小女孩的模样。“嗨，我说，你是谷崎先生吧？隐瞒可不行噢，我在日本时见过你。你什么时候回日本？回去时带上我行不？”她一边跳着舞一边不住地冲着我说。她把M君和我拉了出去，说是要带我们去见识一下上海的咖啡馆。我们坐着汽车在深夜的街头转悠。在车上她兴致勃勃地评说着我的《痴人之爱》，拿朋友中的谁和谁与〇〇相比较，说：“那个人可没有〇〇的那种霸气。”她

① 〇〇为谷崎长篇小说《痴人之爱》中的女主人公，咖啡馆女招待，专以女性的魅力来征服男人。该小说初发表于1924—1925年间。

带我们走了好几家咖啡馆，把很多俄国舞女叫到桌边来，打开一瓶瓶的香槟，到了结账时，一把抓过我的钱包，自作主张地掏出纸币。“我们再到什么好玩的地方去吧。”她似乎毫无离意，我与M君只得缄口不言，一直到了天亮时分的四时左右，才将醉得东倒西歪的她带到了一家中国人的旅馆。她喊着“肚子饿了”，于是就在那里吃炒面，大口大口地呷着老酒，过了一会儿开始一件一件地脱衣服，连袜子都脱了下来。听说她有一次喝得烂醉如泥，从外滩跌入了江中，差点淹死。我们就让她胡乱地躺倒在床上，趁机逃脱了出来，此时已是五时左右了。此后怕她再胡搅蛮缠，有一段时间对她避而远之。有一次忘却了前事又来到那家咖啡馆，不料她又缠住我不断地催逼着说：“带我到日本去。”我只得不置可否地“嗯嗯”应付着她。自那以后大概过了十天，那天早上我在旅馆里洗了个澡正在换衣服，她连招呼也未打直接开门走了进来。我赶紧说：“等一下，我在换衣服。”“没关系，我不在乎。”一边说一边冲了进来，靠着电炉取暖。说是昨夜去了法租界的一个德国人那儿，五六个人混睡在一起，现在归途路过这儿。皱巴巴的夜礼服上穿了一件外套，鞋上袜上沾满了泥。我说：“我现在要去吃早饭，你想吃的话一起去吃吧。”“饭就别吃了，给我一点酒喝吧。”说着冷不防地叫来了侍者，叫他拿啤酒和香烟来。以下的对话颇有意思。

“谷崎先生，你会带我回去吧。”

“对不起，不敢遵命，要带你这样的美人回去，就要惹麻烦了。”

“你这个人不守信，上次我们不已经说定了吗？你不是‘嗯嗯’地答应了吗？”

“嗯嗯是说过，但这并不是答应的意思。你回到日本去干什么呢？像你这样的女人在上海不是更有意思吗？”

“在这样的地方没意思……只会一点点堕落下去。回到日本后我想进‘日活’①。你真的帮我对‘日活’说说。要进‘日活’的话，我以后真的好好做人，努力做出点事情来。就算你是在拯救一个女子，能不能行行好？我以前也不是这样的。如今我是又喝酒、又抽烟，还吸鸦片……好吗，谷崎先生？为什么不愿意？怕麻烦？”

“是怕有麻烦。”

“我原以为你对女人是个热心肠的人。没想到你这么冷淡。”

她这么说，我也不搭腔，装作没听见，赶紧落座吃饭，不料她走过来一把抱住我，硬将嘴唇凑过来。满嘴的臭气。恐怕脸也没洗就来了，又喝了那么多啤酒，散发出让

① “日活”的全称为“日本活动写真株式会社”，成立于1912年9月，为日本当时最大的电影制作公司。

人受不了的气味。我无情地挡住她的嘴将其推了回去。接下来她以上海英语口若悬河般地滔滔不绝地说开了。趁我不注意又扑了过来要吻我。正在这时田汉君来访。“帮我叫辆车好吗?”她无事可做便走了出去。好歹还是个爽快的女人。一问才知道，原来田汉君早就来了，听到屋内一片喧哗声，在走廊里踌躇了一会儿，甚至想悄悄地打道回府了。

上海这个地方，一方面非常洋气，相当发达，另一方面却令人感到比东京要落后得多。在市中心虽有二三十家舞厅，但东京的帝国饭店、花月园、原先的大饭店一带的老舞客（包括日本人和西方人）的舞艺要比上海的高得多。听说音乐等以前上海的虽不错，但如今却是日本的好。舞台上的舞蹈表演也都在民间演艺的水准之下。电影主要是些美国的二流片子，欧洲的影片几乎看不到。作为一种谈资，经三井银行的土屋君的介绍，我在号称东亚第一，不，在全世界也是屈指可数的旅馆“大华饭店”①里住了两三天，旅馆费一天最低是二十五元大洋，最高是七十五元大洋，设施可说是豪华之极，但法国的波尔多最好

---

①　原文为“マジェステック　ホテル”，译者根据读音查阅相关资料，该酒店应为 Majestic Hall(中文名“大华饭店”)，位于今上海市北京西路江宁路口，由英国人建于 1923 年左右，有大草坪花园和西洋建筑。1927 年蒋介石和宋美龄婚礼在此举行，1929 年被拆除。该饭店的地理位置在 2011 年 12 月东京大修馆出版的木之内诚编著的《上海历史地图》增订版上有清晰的标注。

的也就是一九二三年产的西奥多·拉菲特，而长崎的日本大酒店也有一九一一年产的波尔甘迪酒，这点上就显得有点欠缺。菜肴也未必都佳。另一方面中国人的风俗等也在一味地学西方人的样子，印象上觉得与八年以前来的时候相比有了很大的变化。我原想，要是称我心的话，也可在上海购一处房子，结果大失所望而归。要了解西方还须得到西方去，要了解中国还须得到北京去。

上海交游记[①]

(一) 内 山 书 店

到达上海后不久的某一天，应在三井银行任分行长的我的一位旧友 T 氏的邀请，去了一家被称为“功德林”的中国素菜馆。同席者有三井银行及三井物产的职员和其他 T 君的熟人共十多人。席上，从经纪商宫崎君那儿听到了些颇感意外的事。他说，现在一批青年文人艺术家正在中国掀起一场新的运动，日本的小说、戏剧等中一些出色的作品差不多都经他们的手译成了中文。“你若不信，可到内山书店去问一下。你认不认识内山书店的老板？明天这位店主与中国的文人们有一个联谊活动，明天到那儿去看一下的话，情况就可以了解了。”

---

① 此篇原载大正十五年(1926 年)五月—六月号、八月号《女性》，此处译自《谷崎润一郎全集》第十卷。

我称此为“意外”，是因为在上一次，即大正七年（1918年）我到中国来时，在北京和上海都想见一些新的文人作家，设法托人去四处打听寻访，但在那时的中华民国，这样的人一个也没有。我问道：“有没有什么著名的小说家或戏剧家？”一位中国人回答我说：“眼下的中国现代新文学勃兴的机运尚未到来。青年人的志向多在政治方面。即使有人写点小说，那大抵也是新闻记者闲来时的率尔操觚，其小说主要也是政治小说。”也就是说，以日本来比喻的话，当时的中国还是《佳人之奇迹》《经国美谈》①的时代。所以当然不可能有人知晓我们的名字，更不会有我们作品的中文译本。此后我曾听说中国开始流行新的口语诗，另外还见过周作人君翻译的《现代日本小说集》②。但时隔八年，我在到上海来之前，完全没料到日本文学如宫崎君所说的那样，已得到了如此兴盛的介绍。从报上看，我觉得中国的学生至今仍然热衷于政治运动和社会运动，似乎尚无余暇来顾及文学。

---

① 《经国美谈》，作者矢野龙溪；《佳人之奇遇》，作者东海散士。均为明治初期的政治小说，主旨在借故事和人物宣传政治主张。中国早期曾有梁启超等的译本。

② 《现代日本小说集》，1922年5月由上海商务印书馆出版，译者署名周作人，收小说三十篇，其中十八篇为周作人所译，其余为鲁迅和周建人翻译。

过了数日，M君带我去了位于北四川路上阿瑞里内的内山书店。据说这家书店是除了满洲之外中国最大的一家日本书肆。店主是一个精力旺盛、一说就通、说话风趣的人。在店堂里侧的暖炉边，放置着长椅和桌子，来买书的客人可在此小憩一会儿，喝杯茶聊会儿天——盖此家书店已成了爱书者的一个会聚地。我在此处一边喝茶一边听店主讲述中国青年人的现状。听店主说，这家店一年约有八万元的营业额，而这其中约有四分之一是由中国人买去的，而且这一比率每年都在增加。问到中国人主要是买哪一类书，说是没有定准，什么书都有人买。哲学、科学、法律、文学、宗教、美术……如今中国人的新知识，差不多大部分都取自日文书。当然不限于日本的内容，西洋的知识也通过日文译本阅读。这其中原因之一，是上海乃一个商业城市，虽也有卖西洋书的书店，但书的种类有限，他们所期望的原文书不易得。有时想要获得西文原著，就向东京的丸善书店去询问订购。还有个原因，便是语言的问题。日语要说虽不易，但只是阅读的话，与英、法、德语比较起来，其难易程度就不可同日而语了。要体会小说和戏剧的内蕴，也只需花上一二年时间；而要只是粗粗读懂科学和法律方面的书，有半年左右也就差不多了。因此，想要快捷地获得新知识的中国人，都在争相学习日文。译成中文的西洋书籍，很多是从日文本重译的。而所谓的新小说，仔细看一下的话，里边似乎也有相当一部分是从日本小说中获得启示，或者据日文小说编译的。——也就是说日文在现在中国的作用，正如同英语在当年的日本一样。“所以现在能读日文的中国人有多少弄不清楚。我的店里每天都有中国人来买书，然后在这儿喝杯茶聊会儿天回去。”

内山书店就是一家向这样的中国青年人独家提供新知识的书店。就这样，在其他方面姑且不论，至少在文学方面，日本留学生出身的人在社会上最受认可，一个个渐次成名，称霸文坛。由此缘故，中国文坛对日本文坛所熟知的程度，超出了我们的想象。现在在商务印书馆内，帝国大学①毕业的文学学士有六七个人，他们在不断地注意着东京的出版物。听说他们计划有组织地翻译出版日本现在的小说戏剧。

“你们那边对这些情况一点也不知道吧。”内山氏说。

“在日本留学的中国学生回国后是如何开展活动的呢？后来成了政治家和军人的人多少还了解一些，而对那些从

---

① 日本在1886年制定帝国大学令，1877年创立的东京大学依此改为帝国大学。1897年设立京都帝国大学时，东京的帝国大学改名为东京帝国大学。谷崎润一郎第二次访华的1926年时，已另建有东北帝国大学、九州帝国大学和北海道帝国大学。本文中的帝国大学，大概主要是指东京帝国大学。

事文学艺术的人的情形，国内的人一点都不知道。这实在是很遗憾的。我们以后再进一步互相联系好么？今天也有中国的文人来过，说是听说谷崎先生到上海来了，务请介绍一下。您光临上海一事，前两天中国的报纸都报道了，有很多人想见见您。于是我就说，行，过几天我去请谷崎先生，举行一个见面会，把主要的人聚集起来认识一下。我想近日就举行这样的活动，届时务请光临。”

在中国竟然有这么多的知己，这实在是没有想到，我恍如做梦一般。那时我才知道中国的报纸上已有了我的报道（此后我也曾在中国的报纸上看到西条八十氏在归国的途中路经上海的消息）。

然后内山氏举出了新文学家的三位代表人物——谢六逸①、田汉、郭沫若。谢君研究日本的古典文学，目前正在翻译《万叶集》和《源氏物语》；有时来到这家书店，询问《万叶集》和《源氏物语》中的一些难解之处。“等一下，这些东西我也搞不懂。”据说内山氏也常常不知所措。田汉君翻译过《日本现代剧选》——似乎是要分作第一集、第二集这样连续出版下去，现在仅出了第一集，即《菊池宽剧选》。此集由《父归》《屋顶上的狂人》《海之

① 谢六逸(1898—1945)，贵州贵阳人，文学家，翻译家，大学教授。1918—1922年在日本早稻田大学留学，后回上海从事教育和文学活动，著作有《日本文学》等，译著有《日本近代小品文选》《万叶集选》等。

勇者》《温泉场小景》四篇组成，卷首有“新思潮”同人的介绍，译者记述了以前曾听过冈本、小山内、里见、菊池、久米[①]诸人演讲的回忆。由商务印书馆发行了。此外他在戏剧创作方面，已出版了一本收有五个独幕剧的戏剧集，题为《咖啡店之一夜》（含《咖啡店之一夜》《午饭之前》《获虎之夜》《落花时节》）。其中的《获虎之夜》被认为是一篇杰作，听说近日同文书院的学生准备在日本人俱乐部的舞台上试演这部作品。郭君虽是福冈大学[②]出身的医学士，但并未在医学方面深入用功，而是一味地将精力花在文学上，被称为“中国的森鸥外”[③]。——这样一说也许有人会认为他已是位有相当年岁的老人了，自然并非如此。与木下杢太郎氏[④]相比还要年轻十岁以上，与田君、谢君一样，都还是二十几岁的青年人。所以他们的

① 此处冈本当指冈本绮堂（1872—1939），日本剧作家、小说家，刊有《冈本绮堂戏剧集》十四卷；小山内薰（1881—1928），戏剧艺术家、剧作家，日本现代戏剧的奠基人之一，刊有《小山内薰全集》八卷；里见淳（1888—1983），日本小说家，代表作有《善心恶心》《多情佛心》，刊有《里见淳全集》十卷；久米正雄（1891—1952），日本小说家、剧作家，代表作有剧本《牧场兄弟》等。

② 应该是在福冈的九州帝国大学。

③ 森鸥外（1862—1922），日本近现代影响最大的文学家之一，以其创作、译作和评论为日本新文学的成长和发展做出了多方面的巨大贡献，亦是医学出身。刊有《鸥外全集》三十八卷。

④ 木下杢太郎（1885—1945），日本小说家、诗人，代表作有诗集《食后的歌》等，刊有《木下杢太郎全集》二十五卷。郭沫若出生于1892年，确如谷崎所述，比木下小约十岁。

出名还就是最近的事，在出名前曾经历了相当的艰辛。尤其是郭君，在福冈时代娶了一位日本女子作妻子，且已有孩子，有一个时期甚至苦于无钱买柴米，是从穷困中苦斗过来的。内山氏说："郭君好像夫妇间非常恩爱，膝下有这么多的孩子要养育，竟一直坚持到今天，郭君自然很了不得，那位日本太太也实在很令人感动。"后来我听同文书院的教授讲，在所写的文章中受日文影响最多的是郭君。听说他既作诗又写小说，在外语上通晓英语、法语、德语。从这些方面来说，也真可称为"中国的森鸥外"。

上述的三人当然都要出席见面会的。其实中国的文坛上也分成各种各样的派，谢君的一派与郭君的一派彼此似乎多少也有些歧异，恐怕会出现微妙奇异的场面，但是来应该是没问题的吧。此外与他们在领域上稍有些不同的欧阳予倩也来，他是新剧运动的旗手。此人毕业于早稻田大学，既当演员也当导演，最近还在从事新电影的制作，似乎是集小山内薰氏和上山草人氏①于一身的人物。会场设在内山书店的二楼，由于无法容纳所有希望见面的人，内山氏说打算先在当天邀请重要的十来人。

---

① 上山草人（1884—1954），日本现代表演艺术家，曾担任《浮士德》等的主演，有自传小说《蛇酒》《炼狱》。

内山氏的这一主意，对我来说真是求之不得的好机会。我深深地感谢他的这片好意，并请他多多费心。

（二）见　面　会

接到内山氏的电话通知，是见面会前一天的早上。不巧，那天我正好要打伤寒的预防针，一天不能喝酒，所以就想能否改变一下日期，不料大部分参加者不仅都住在租界街区的边缘地带，而且地处各个不同的方位，明天的会今天再要更改日期已无时间通知了。结果那一天为了我决定不饮酒，并且再次安排了素食（在“功德林”是上了酒，但据说正式的素食应该是不饮酒的）。

当晚六点，我与北京所认识的、八年后再次邂逅的《大阪每日新闻》的村田君一起出了门。日本人方面，除了我们两人之外，还邀请了上次一起去的宫崎君及中国戏剧研究会的冢本君、菅原君等。我走进店内时，在暖炉前坐着一个穿黑西装戴眼镜的青年，此人即为郭沫若君。圆脸，宽额，有一双柔和的大眼睛，毫不卷曲的坚硬的头发散乱地向上直竖，仿佛一根根清晰可数似的从头颅上放射出去。也许是有些弓背的缘故，从体形外貌上来看显得有些老成。我们立即被引到了二楼的会场。接着谢六逸君来了，穿一套薄薄的、似是春秋季西服般的浅色的西装，上衣的里面露出了羊毛衫。这是一位脸颊丰满、大方稳重、温文尔雅的胖胖的绅士。内山氏向谢君介绍了郭君。党派不同的两位首脑借此机会互致初次见面的寒暄，然后开始了非常流畅的日语谈话。谢君说：“我认识您的弟弟。我在早稻田时曾师从他。精二先生是我的老师。”我一看他递过来的名片，背面印有MR. LOUIS L. Y. HSIEH M. A.（DEAN OF SHEN CHOW GIRLS' HIGH SCHOOL, PROFESSOR OF SHANGHAI UNIVERSITY）。即谢君在从事文艺的同时，还担任上海大学的教授并兼神州女子高中的教务长。看这名片，以及从他稳重得体的举止和有些稀少的头发来看，谢君已有相当的年纪了，但他说曾是精二的学生，一定还很年轻吧。但不知精二是否知道他的一个学生已在上海取得了如此的地位。

欧阳予倩推开门走了进来。白皙的脸上戴着眼镜的样子，到底是一位站在舞台上的人。一头乌发宛如漆一般闪烁着黑色的光泽，鼻梁线挺拔而轮廓分明。从耳际后面一直到脖颈上的发际间的肤色尤其白皙。方光焘①、

① 方光焘(1898—1964)，语言学家，文学家，浙江衢州人。1914—1924 年间在日本留学，后又去法国专攻语言学，回国后在各大学任教，新中国成立后任中国科学院学部委员。

徐蔚南[1]、唐越石[2]诸君也来了。我右面的椅子上坐着谢君，左侧为方君。在中国西服虽未如日本那么流行，但今日在座的都是清一色的西服。他们不仅对我说日语，而且彼此之间也尽可能用日语交谈。我现已移居关西，已有一段时间没有参加这种用纯粹的东京话发言的聚会了。

大家都已入座、谈性正起的时候，最后出现了田汉君的身影。说实话，我要是没听到内山氏的一声“田汉君来了”，实在不会想到进来的一个穿着素色洋装的汉子竟是中国人。我倒是觉得这个人大概是东京的哪一个文人，名字一下子想不起来了，当时竟是这样的一种感觉。田君的容貌风采竟与日本人如此相近，我当时的印象是他与我们这些日本人别无二致——肤色黝黑，瘦削，脸长而轮廓分明，头发长得乱蓬蓬的，眼睛里射出神经质的光芒，长着龅牙的嘴双唇紧闭略无笑意，习惯于低着头竭力控制住自己的神态，都令我们想起自己二十几岁时的模样。他脸对着桌子，眼睛往上一抬扫视了一下桌边的人，目光又默默地沉落了下来，过一会儿他突然开口说：

“谷崎先生，我见到您这是第二次了。”

---

① 徐蔚南(1900—1952)，江苏吴县人，编辑、散文家，毕业于日本庆应大学，有散文集和译著问世，新中国成立后任上海文献委员会副主任。

② 唐越石，生卒年不详，是20世纪20年代南国电影剧社、晨光美术会、上海戏剧协社的重要成员。

(其时我为他的声音再次感到惊讶。这种脆爽的声调不就是典型的东京腔吗?)

“是吗，你以前曾见过我?”

“是，见过。《业余俱乐部》在有乐座[①]首次上映的时候我去看了。里面有你的特写镜头吧。”

“噢，是吗?那么你是在电影中见到的喽?”

“我也知道栗原托马斯。你们是去海边拍外景吧。那时我正好也去镰仓避暑，看见你们正在拍电影。”

这不由唤起了我大正电影创立时代的遥远的回忆。那是大正九年（1920 年）夏天的事了。那时田君恰好在日本留学。

饭桌上的话题不久转到了中国的文坛和影坛上。我最想要知道的，便是从宫崎君那里听来的有关日本的作品被大量译过来的情形，我想了解其范围和种类。我表示说，要是可能的话，希望他们尽量帮我把这些译本收集起来，我带回去作为赠给日本文坛的礼物。但据田、郭两君所言，实际上已有各种各样的筹划，日本作品的翻译，去查询一下的话也有相当不少，但许多人虽已将此译成了中文，无奈一般的读书界尚未对日本的东西产生很大的兴

① 有乐座是 1908 年建于东京有乐町的日本最早的西式剧场，是日本近代新剧的重镇，1923 年毁于关东大地震，1936 年重建，田汉这里说的是原有的有乐座。

趣，因此就很难作为单行本在书肆上出售。日本的作家中最广为人所知的是武者小路氏和菊池氏。前者的作品译出的有《一个青年的梦》、《妹妹》(《妹妹》是由田汉氏的门生周白棣氏翻译的，中华书局发行。《一个青年的梦》我未拿到)；后者的作品有前述的《日本现代剧选》，像样的出版物也就这些。其他的也有不时地在同人杂志上发表的，但这些杂志寿命都很短，才出版不久就马上停刊了，因此从中收集翻译作品不是件容易的事。他们说："不过您要是特别需要的话，在您归国之前设法拢集起来给您。"我说道："原来是这样。这样说来，眼下的中国正如同我们的《新思潮》[①]时代了。""对，对，"田汉君性急地点头说，"剧坛方面的程度和日本那个时代一样。所以我们即使在写剧本，也不敢奢望能在剧场上上演，只是有时圈子里的人举行小规模的试演。"话语中夹着不满的语气。郭君苦笑着说："总之，还处在一个令人羞愧的状态。""这也是无可奈何的。我们也是经历了这样的时代过来的。你们若还都是二十几岁的话，今后还须得雌伏十年以上。"我再次回想起了自己的往日时光，今天作为过来之人在这里与他们交谈感到很愉快。

---

① 《新思潮》，文艺杂志，初刊创于 1907 年 10 月，小山内薰为主编和发行人，以介绍易卜生、斯特林堡等近代西洋剧为主。谷崎润一郎参加的时代当为其第二阶段，时值 1910—1911 年，谷崎在上面发表了成名作《刺青》。

“没有办法呀，我现在从事电影的工作，以等待机运的成熟。”

欧阳君也感慨地说道。于是就谈到了上海的电影公司。现在上海称“某某影片公司”的大概有四十来家，但真正拥有摄影棚的才一两家。女演员中最近出名的张织云小姐最为走红。但日本方面的人认为，中国的电影故事过于洋气，目前尚不成熟。“这话不假，不过我所属的那家公司临时聘请了田汉君，我打算将田汉君的原作导演成电影。”欧阳君辩解说。然后说定了过几天带我到电影公司去，把我介绍给女演员们。从电影的过于洋气，谈到了上海的中国戏剧染上了一种低级趣味，并开始了对绿牡丹的攻击。去年我在关西看过绿牡丹的《神女牧羊》，最后的部分那场像是模仿足尖舞的舞蹈到底算是什么呀！那样的东西只有肉体娇艳的女子来跳才会好看。这种场景却去模仿别人，那场舞跳得真蹩脚。听说这还是绿牡丹的得意之作，我真是无言以答。而这居然还博得了日本观众的拍手喝彩，我实在是觉得可悲可叹。在座的一致认为，绿牡丹之类算不得一流的演员，在上海也有比她出色的演员。

没有酒，我总觉得委屈了其他的人，不过菜肴相当地好。内山氏说，曾带了一个日本厨师到中国来，让他尝了各色各样的菜，然后问他什么菜最好吃，结果他回答说最为佩服的是素斋。一般的菜肴虽说好吃，但材料很丰富，其烹调制法大抵都可想象，惟在有限的材料中烹制出如此富于变化、如此滋味千秋的素斋，其究竟是如何制作出来的，实在是百思不得其解。据云，那厨师深为佩服地说，中国的素斋在菜肴上已达到了技艺的极致。我先前早就听朋友笹沼氏——“偕乐园”的老板——讲起过中国的素斋达到了相当高的水准，但上回来的时候未有机缘得以品尝，前两天在“功德林”才始得一饱口福。然而今日的素斋比起上次的“功德林”来要更为精致。一问，是一家叫作“供养斋”的店家做的，那家店主与内山氏颇为熟识，所以特别费心做出来的。其材料主要为麸子、豆腐、豆腐皮，此外就是类如山慈菇样的东西，糯米粉样的东西，馄饨粉样的东西，如此而已。将这些材料做成形态各异的菜肴不断地端上来。从外表上看与平常的菜肴别无二致。比如说也有燕窝汤，也有烤鸭，也有鱼圆羹。不过仅是外形的话，日本的素斋料理中也有将羊羹做成生鱼片形状的，将豆腐皮做成烤河鳗的，但日本的只是模仿到其色形而已，而令人惊讶的是，在中国连我们的味觉也被骗过了。当然不能说与真的荤菜完全一致，即便如此，进入嘴里的燕窝那种稠稠的感觉，鸭肉那种浓郁的油脂感，扑鼻的香味，滋润的味道，清淡的味道，深入其内的味道，平常菜肴中所含有的浓淡不一的各色滋味，可说在素斋中都充分具备了。说起素食，我原来一直以为是充不了饥、吃着不过瘾的食物，事实上却如同是吃了大鱼大肉一般充分满足了食欲。庖厨之术能达到如此的程度，真可说是一种魔法了。尤感微妙的是，上了好几种清汤，而其风味都各不相同。听说在中国菌类多达数百种，也许是以此为原料炖出来的汤吧。

“说实在的，我没想到素斋竟如此之精妙，这样美味的食物为平生所初尝。”

我情不自禁地置箸三叹。

围绕中国菜肴的话题一下子热了起来。以前我曾将北京南京苏州杭州等相比较，觉得上海的菜最为低劣。这是因为一般众人所熟知的著名菜馆都不怎么样，若是到日本人不大去的小饭馆去侦察一下的话，还真有些别具风味的菜。在那种挂着绳帘的小铺子里，见不到那些芦笋呀，英吉利面包呀，牛肉呀，炼乳之类的洋里洋气的东西，你越到下等的地方去，反而越能感受到类似日本家常菜的那种风情。比如在二马路①上有一处饭店街。那儿如同东京的木原店、大阪的法善寺横丁一般，小饭馆鳞次栉比，西装革履者去，引车贩浆者也去。前两天宫崎君带我去了那里

---

① 今九江路。昔日以南京路为大马路，向南依次为二马路、三马路（今汉口路）、四马路（今福州路）、五马路（今广东路）。

的一家叫“老正兴馆”[①]的饭店，这家店经营地道的宁波菜，据说客人也多为宁波人。原料差不多大部分都用鲜鱼。我在举箸吃鱼时，不禁想起来孩提时代母亲在饭菜中为我们做的炖鱼。接着上来的有生的河虾，还有一种称作蟹子[②]的小赤贝，用沸水烫一下，血还在滴的时候就盛入盘内端了上来。上四马路的“聚晶馆”去的话，有一种用嫩豆腐做的汤，还有一种在日本称为“芥菜”的、纯用菜叶煮成的菜。与I君一起大着胆子去了一家比较脏的店，在那儿吃到了炖芹菜（总而言之，中国人吃蔬菜要比想象的多。吃饭时一直在吃一种叫作“香菜”的菜叶）。这样的食物，无论在色彩上还是在滋味上，都与我们小时候常吃的东西没有多大的差别。中国菜用油自然与日本菜不一样，但其用法颇为巧妙，绝无油腻的感觉。日本和中国的风俗习惯有多么相近，从这些地方可以深深地感受到。如今在日本已不大盛行的粽子，在中国平日还经常吃。日本的粽子作为点心来说也已有很悠久的历史，不过我这次在

① 最早创建于1862年，后长期在今南京路与九江路之间的山东路上的一所两层楼房屋内经营，从一家低廉的吃食店发展成闻名沪上的集江南菜肴大成的著名菜馆，译者曾为女儿在此举办满月酒。后原房屋拆迁，菜馆迁至福州路上，门面虽大，内涵却与民国时代不可同日而语。

② “蟹子”一词为原文的汉字，从汉字旁所注的注音假名及描述来看，当为产于浙东一带的银蚶，译者祖籍宁波，自幼对该水产品颇为稔熟。

中国尝了一下，觉得原产地到底有原产地的风味。粽子的种类有二三十种吧。大致分为甜的和咸的两大类，里面不是用粳米而是用糯米做的。有在糯米饭中夹赤豆的，或加入火腿再调入适当的咸淡，此外还有各种各样的做法，还有粽叶的清香味。把这些粽子放入类似日本做酱油杂煮的大锅内咕嘟咕嘟地慢慢煮，一边就在大路边叫卖。一个三文钱，吃三个肚子就饱了。我说这东西又便宜又好吃，价廉物美以此为最了。

“那个本地称为粽子，真的很好吃。日本人嫌这个脏，不吃，正煮着的东西立即从锅里取出来吃，不会有危险。中国在这种脏兮兮的地方往往有很好吃的东西。”

内山氏也表示同感地说。

“说起来中国人能体会日本人所嗜好的玉露茶①的滋味吗？”有人问道。

中国人喜好热茶，因此并不钟情于玉露茶。不过在沏茶的方式及对茶具的讲究方面，也有自己的传统。茶道的高手所使用的器具，有很多是用紫砂制成的高价的物品。说起来有一段很有趣的逸话。从前在福州的什么地方有一个有钱人，那人因爱好饮茶而弄得倾家荡产，最后成了一

---

① 日本绿茶中的上品，创制于江户时代的京都宇治，种植的要领是选用土壤肥沃的老茶树，春季发芽前用竹帘置于其上以遮蔽阳光，沏茶的要领是以六十到七十度的开水冲泡为最佳，滋味甘醇。

个乞丐。然而平时所钟爱的那把茶具还是爱不释手地随身携带。有一天他来到了一户豪门世家，在门口行乞时，得便对那户人家提出说："我久闻贵府的主人秘藏有世所罕见的珍贵茶具，且又有茶道名家在此，在下恳请惠赐主人亲手所烹的茶以得一饮。"主人颇觉奇怪，便将此乞丐请入宅邸内，亲手烹制了一壶茶请他喝，乞丐说道："确实不错。不过我这边携有一茶具，请您用此一饮。"说着从衣衫褴褛的怀中取出一茶具，这次由乞丐沏制后请主人饮用。主人试饮后觉得香味馥郁，口中顿有清冽之感，他刚才烹制的茶简直无法与此相比。茶叶相同，水也一样，但乞丐所用的茶具及烹茶之术，均胜于主人。于是主人和乞丐成了莫逆之交，此后一直彼此切磋茶艺。

"这样的逸话还有很多。"大家的聊谈虽未尽兴，但说好以后再相会，于是在十点彼此分手了。我留了郭君和田君，三人在街上闲逛着继续聊谈。郭君说，日本文人的稿费是以四百字为单位的，而中国则以千字为单位。而且日本的小说在对话部分是改写为一行行分开的，而中国则把整页写得满满的。并且一流的作家千字也仅得七八元大洋，这真叫人受不了。田君说，在上海称"某某大学"的学校相当不少，我们大家就都在这类学校里当教授，以此来谋生，光靠稿费是不行的。接着他们对日本现代的诸作家发表了评论。在总体上他们的观察不仅一语中的，而且他们读的作品真是相当地多，有时对我们文坛的内幕竟也了如指掌，这实在令我惊讶不已。“在不久的将来，我们打算将日本的作品翻译一批出来出版。”田君说，“周作人君是人道主义者，他主要在翻译白桦派的作品。从介绍日本的艺术这点来说，应该更加公平地加以选择。”不过我感到田君和郭君，其倾向仍是近于人道主义的。听他们说，要翻译的话，菊池氏的文章最易译，里见氏的东西最难译。由我看来恐怕也确是这样。

两人一直来到了我下榻的一品香旅馆①，喝着绍兴酒又继续谈开了。借着醉意，两人都坦率地诉说了现今中国青年心中的苦恼。他们说，我们国家古老的文化，眼下由于西洋文化的传入而正遭到人们的遗弃。产业组织受到了改革，外国的资本流了进来，琼脂玉浆都让他们吸走了。中国被称为无穷尽的宝库，虽然新的富源正在为人们所开拓，但我们中国的国民不仅未受到一点惠益，物价反而日益攀升，我们的生活渐渐困难起来。上海虽说是个富庶的城市，但掌握财富和权力的是外国人。于是年复一年，租界的奢靡之风波及了乡村，蠹毒着地方上的淳朴的人心。

---

① 原址在今西藏中路，1922年开设，附有西菜馆，1993年10月译者曾陪同日本创价大学的西田祯元教授冒雨前去踏访，其时底层已改为商场，二楼以上为上海市农委招待所，二楼中间的天井仍为玻璃天顶，尚存有旧貌，后被拆除，原址现为新建的来福士广场。

农民们耕种田地也赚不到钱，而购买欲却被刺激起来了，因此就日趋贫困。我们家乡的田园日渐荒芜，农业日益衰败。究其根源，这都是外国人的行为造成的。这些话我都是初次听闻。我原以为在北京和上海这样的城市里虽有排外思想，但若到乡村去的话，中国的农民至今仍是无忧无虑的，“帝力于我有何哉”，对政治和外交心无牵记，吃着廉价的食物穿着廉价的衣服悠然度日。但两人满脸沉重地说，这样的情形已不复存在，乡村里的人也不像以前那样地悠然无虑了。我说，财富都集中在都市里，乡村日趋凋敝的现象是世界性的，恐怕并不限于中国吧。而且说起外国资本，主要是指美国和英国的钱财，这也已经席卷全世界了。这类经济情况我也不甚了了，但即便是日本，恐怕也被盎格鲁撒克逊的金钱之力所支配了吧。也就是说，他们正在吮吸着全世界的琼脂玉浆，受苦受难的也许并不只是中国。中国还算国土广大，有那么多的富源在，稍微借点钱也不会有丝毫的影响，比起别的国家也许还胜一筹。

“不对。”郭君立即予以了否定。

“日本与中国不同。现在的中国不是一个独立的国家。日本是借了钱自己来使用的。而在我国，外国人要来就来，把我们的利益和习惯不放在眼里，他们自己在这个国家的土地上建造城市，建造工厂。我们看着他们这样做却一筹莫展，任人蹂躏宰割。我们的这种绝望的、眼睁睁地等待着灭亡的心情，绝不只是单纯的政治问题和经济问题。日本人没有这样的经历，恐怕很难理解，这使我们青年人的心灵受到了多大的伤害啊！因此一旦对外方面发生了什么事件，连学生们都会立刻做出强烈的反应。”

“日本的所谓中国通可并没有这样说呀。中国人在经济能力上是伟大的种族，但没有政治方面的能力。他们都是极端的个人主义者，所以根本不考虑政治。即使国家的主权被外国人夺去了，他们依然无所谓，照样勤勤恳恳地工作，不断地攒钱。这既显出了中国人的弱点，也显出了他们有一种难以理解的顽强的民族根性。从前中国人虽几度被外国人征服过，但中华民族却毫未衰竭，依然延生至今。而征服者却反被中国固有的文化所征服，结果融化在‘中华’这个熔炉中……”

“但是以前的征服者，在文化上都是比我们还要低的民族。中国遭遇到在文化上胜于自己的民族，历史上这还是第一次。他们从东西南北各个方面侵入到我们中原来。这不只是经济上的入侵，他们还干了各种坏事搅乱了我们的国家。他们放款给军阀，向军阀出售军火，而且要是他们不弄出租界这种所谓的中立地带，国内也不会发生如今日这般的混乱，战争也不会延绵不绝了吧。中国从前也有战争，但今天的情形，我们觉得与野蛮人的侵略，单纯的内乱在性质上不一样。不，并不只是我们，全体国民都自觉地意识到了这次我们的对手不再是以前的野蛮人了，我们须以严肃认真的态度来与之对抗。我感到国家这个概念恐怕还从未像今天这样渗入到一般民众的头脑中。”

“可这样的话我已曾听过，不是真的吧？”我说。

“你要到南洋去的话，会发现那儿的中国商人拥有不得了的势力。他们握有所有的实权，连荷兰人在他们面前也不敢耀武扬威。但这些商人对他们本国的事情却并不关心，即使有中国的领事馆，他们也并不以此为依仗。他们中的很多人不识汉字，忘记了母语，使用着荷兰语。在说到中国人是怎样的一个种族时，人们常常援引这个例子。”

“噢，南洋的中国人现在也已觉醒了。他们渐渐开始明白到若无国家作背景的话，就会一步步地被白人所压倒。因此近来他们都把子弟送到本国来受教育。他们还积极地拿出资本来支持广东的排英运动等。我们文人虽拿不出钱，但我们将自己的苦闷之情抒发在诗中，表现在小说里，借艺术的力量向全世界的人倾诉。我们认为这是使有良心的人理解中国苦痛的最有效的途径……”

两位的话语直至深夜依然缕缕无穷尽。我觉得这些话都很有道理。假使两位的观察有误的话（我不信会有误），也应该认真地看待使得他们精神痛苦的烦恼。两位离开这里回去时，已是十二时左右了。

（三）文艺消寒会

谷崎先生：

我们上海几个文艺界的朋友有消寒会的组织，欲借以破年来沉闷的空气，难得先生适来海上，敢请惠然命驾，来此一乐。

会场　斜桥徐家汇路10　新少年影片公司

电话 West 4131

会期　本月二十九日午后2时起

上海文艺消寒会敬约

主席　欧阳予倩　田汉

此请柬中的“先生适来海上”的“海上”一词，是故意将上海倒过来说的用法。欧阳君和田汉君的名字前有“主席”的名称，应该是发起人或是干事之类的意思吧。说起消寒会这一名称，是上次在见面会的时候，有谁说了一句今晚没有酒，有点单调，过几天我们开一个消寒会痛痛快快地喝一喝吧，然后中国人方面很快地使用了这一名称。

用作会场的新少年影片公司，离租界颇有些路程，这是一家与田君和欧阳君有关系的电影公司。之所以选择了这样一个不方便而偏远的地方，是为了借此为我举行欢迎会的机会，将各方面的八九十位新人相聚在一起开怀畅饮好好热闹一番，而这在市中心的饭店里就难以展开。田汉君事先向我吹嘘说，聚会的那天各路人马都会来，小说家、画家、导演、漂亮的女演员、北京来的艺术家，都会来，我都会向你介绍。这样的艺术家大聚会恐怕是上海史无前例的大盛会。

上海的冬天正如三寒四暖这句谚语所云，刺骨的严寒持续了两三天后，第二天就是个朗朗的晴日，宛如春天一般温暖和煦。田汉君开车来接我的时候，正是这样一个温暖如春的晴日的下午三时左右。

“怎么样，准备出发了吧。我去会场看了一下，人正陆陆续续地来了，看来会有一场大热闹。从白天一直会热闹到夜里十二时。”

“那么就不必那样匆忙，喝杯茶再走吧。”

“不了，这就出发吧。今天打算给你拍电影，还有各种各样的余兴活动，还是早点走为好。”

汽车载着我们两个人，沿着旅馆前跑马厅边的平坦的西藏路由北向南驶去。混凝土的路面犹如擦得铮亮的走廊一般熠熠发光，一闪一闪地反射着晴日的阳光。时值旧历岁末，街上一片车水马龙。骑着马的士兵冲开汽车、马车、人力车及下层劳动者的杂沓的人群，蹄声清脆地策马前行，跟在后面的是戏曲、电影、年终大甩卖等的广告队。有一列抬着花轿的迎亲队伍，吹吹打打地走过街头，艳丽夺目的花轿仿佛是龙宫里的仙女乘坐的一般。到处都是一片暖洋洋的，亮晃晃的，令人目不暇接，美不胜收，昏昏欲睡，我不禁笑道："这样暖和的话就不能叫作消寒会了。"

在门前下了车，穿过宽广的摄影棚，看见郭沫若君站在阳台上向我们挥动着帽子，站在一旁的肤色白皙、戴着墨镜的是欧阳予倩君吧，他今天穿着中装。沿楼梯走上去后，从欧阳君的身后走出一位温柔端庄的年轻淑女迎上来致意。这是欧阳君的夫人刘韵秋女士。据说欧阳夫人善书工诗，是一位在文坛上颇有知名度的女子。虽然语言不通颇为遗憾，但看上去不是那种所谓的"新式女性"，而是一位举止优雅、谈吐高尚的太太。"请到里边来，已有很多人到了。"他们将我迎到了平时似乎是被当作公司办公室的屋内。穿过第一间宽大的房间来到了里边的一个房间，已有二三十个人聚候在那里了。仔细一看，以前曾见过面的方光焘、徐蔚南、唐越石诸君亦在。他们一一向我介绍了广东富豪子弟、毕业于东京美术学校的西洋画家陈抱一①君，

---

① 陈抱一（1893—1945），在日本留学期间娶日本女子饭冢鹤为妻，归国后定居上海，在上海美术专门学校等任教，长于油画。1921 年于江湾辟建陈家花园作为宅邸，1929 年将花园中的画室等扩建为晞阳美术学院，成为当时美术界的沙龙，1932 年第一次上海事变中，毁于日军的炮火。

最近刚从法国意大利游学归来的漂泊诗人王独清君，小提琴家关良君，电影导演任矜苹君，还有与他们行当不同的也是新近从法国回来的飞行家唐震球君，剑术大家朱剑华老人，以及其他的演员、摄影师等等。然后又将我引入了一间像是客厅套间的小房间，拉开间隔的帷帐，唐震球氏的太太、欧阳剑俦的太太、欧阳予倩氏的妹妹、王慧仙小姐、杨耐梅小姐等夫人小姐女演员们如花似玉般地站列在屋里。

“傍晚之前，还有许多女客要来。张织云小姐也会来的。”田汉氏说。

我向美丽的女子们致礼之后便立即退出，来到了男人的群集之中。

在西日的照射下顿时明亮起来的房间中，香烟的烟雾升腾起来弥漫在四处。说起香烟，在中国招待客人时，如同奉上茶和点心一样，也会不断地递上香烟。打开白铁罐的封口，连同铁罐一起放在桌上，手伸不到的客人面前，便连同茶水一起分上五六支烟。茶杯就是常见的那种注入开水后打开杯盖喝的那种，喝了几口后马上又给你倒满，烟抽完后立即又给你递上来五六支。据说世界上茶喝得最多的是俄罗斯人和中国人，对我这种一年到头习惯于喝茶抽烟的人来说，这类招待方式真是再好不过了。总之，无论是进食也好，抽烟也好，中国的方式使人毫不拘谨，比西洋的程式要自由多了。服装也是五色杂陈，有穿西服的陈抱一君，穿长靴的王独清君，穿晚礼服的唐震球君，穿中式服装的任矜苹君，每个人都各随己意。诗人王君也许法语不错，因不会日语，相视只是和善地笑笑，而作为干事的田君则四处张罗，与我说话的便是陈君和方君了。聊谈间到会者不断在增加，椅子渐渐不够了，便闹哄哄地转移到了大房间里，桌上满是烟蒂，地上花生壳一片狼藉。

“我也曾在贵国留过学，可日语已忘记了……”

一位五十岁左右的老人谦虚地夹进来说。据说他是一位退役的陆军中将，现在正参与电影拍摄的事宜，可惜名字却忘了。此人毕业于日本士官学校，归国已有二十多年了。“大地震以后的东京变得怎么样了？”他一边说，一边似乎努力要将留在记忆深处的半通不通的日语一一搜寻出来。说着说着便渐渐有点顺口，向我叙述了巴蜀的风光、洞庭湖的景色、游历三峡时的惊险等。

“接下去我们要拍电影。怎么样，我们到外面去好吧？”

在干事的催促之下，我们一群人便前前后后地聚集到阳台外面的一个空旷地上。首先拍摄的是朱剑华氏的剑术。这位老人年岁似已逾六十，虽已是须髯银白，面目神情却显出了一位武林高手的风采，挥剑起舞的身姿飒爽有神。剑的刀身笔直，当他用双手剑光闪烁地舞动着两柄白刃时，看上去像是日本的剑舞，或是跪坐时拔剑出鞘时的招式。这大概是一种剑法的表演，但实际上中国的武术我还是首次观赏。朱氏老人表演完后，接下去是欧阳予倩氏的舞剑。予倩氏虽是新剧的领袖，但他既是一位演员，这点本领也还是有的吧。不过他并不用双剑，而是手持单剑置于前面，双目凝视剑身，黑瞳犹如转到正中间般地定眼细视（此眼神与日本的正眼的招式不同。由我们看来似乎有些怪异）。然后跨开两腿，移上左手弯过来遮挡在头上，右手将剑猛然刺向一旁，仿佛是一剑刺杀侧面之敌的动作。与朱氏老人的剑法又稍有些不同。

然后是关良君演奏小提琴，模仿街上卖唱的模样。后来上海的《新闻报》报道此情景说："复强使关君演奏梵哑铃（小提琴），仿叶鼎洛君老板，做沿街卖歌状，哑戏既毕，叶君持其所戴绒帽，向观众乞钱。……次请日本文学家谷崎君与欧阳予倩君合影，摄影师请两君并肩而立，并请其做谈话状，两君相视而笑，因高度相等故，几成kiss，观众大笑不已。时西阳在山，镜头不能再用，于是又相率入室。""几成 kiss"一语自是夸大的说法，其他大抵如报道所叙。

日暮时分，到会者人数益增，每个房间都挤满了人。已无人座的地方，便三三两两地从这个房间踱到那个房间。来客聚集的房间里不知谁和着胡琴的调子唱起戏来。

从人群的空隙处望过去，唱戏的是唐越石君。他背对着人群，脸朝着屋角的墙壁，这样的话也许声音的回响会更大些吧。这是演唱时通常的位置呢，还是因为害羞而有意这样呢？不过总而言之，中国人的唱法和日本人的低吟浅唱不一样，在任何场合都是竭尽全身的力气唱出宛如要胀破般的最高声调，从背后看上去仿佛已咬到了墙壁似的。不过唐君的音量即便是像我这样的门外汉听起来也是相当地出色，抑扬升降甚见功夫。唱完一曲周围掌声四起，欲罢不能地又唱了两三曲。“我也来唱一段。”这次是田汉君自告奋勇地站了上来。比起唐君要稍差些，但比起我唱民谣小曲来则要强多了。

记不清是在唐、田两君唱完之后还是在这之前，有位叫郑觐文的老乐师演奏了古琴。可惜那天场内人声喧杂，未能细细欣赏。古琴的形状与平安朝的“七弦琴”无异，弦数亦相同为七弦。我试着拨了一根弦，发出了类似吉他的音色。在日本只有称为“菅公遗爱之琴”这样的古旧之物还保存在博物馆之类的地方，谁也没有弹奏过，而在中国，时至今日仍在使用。场内的人都在叽叽喳喳地互相说话，人声喧嚣，杂乱之中竟已一曲终了，听说这是一种知音寥寥的乐器，听过的人恐怕不多吧。颇令人扼腕叹息。

到了七时左右，酒宴逐渐摆开了。分成七八个人一组入座，但人数之多连桌子几乎都摆不下。正在此时，姗姗迟到的张织云小姐来了，长相奇异的女相面师菱清女士出现了，通道上、四周围到处都挤满了人，动都动不了。当大家坐定之后又开始表演节目了。为过新年而从北京来的艺人张少崖氏，合着三弦唱起了犹如俗曲般的歌调。三弦的音色相当好（我原以为在中国称为蛇皮线，据说通常仍称为“三味线”[①]）。不用日本的那种拨片，而是在手指头上戴上弹筝时所用的指套类的东西来弹奏。其声音色响亮，余音缭绕，令人回想起京都大阪一带的三弦歌谣的三弦。歌调也不是那种高亢激越的调子，而是低回的，涩哑的，质朴的，与日本艺人的枯涩苍老的声音有异曲同工之妙，即使语言不通，其韵味还是能充分领会。唱了一段后，大口地喝了一杯茶，插入了一段类似落语[②]家的“开场白”的插诨打科的笑话。意思虽听不懂，但望着他灵动逗人的嘴形和眼神，觉得与在日本的曲艺场所间的表情相同，对已久未与这样的艺人相接触的我来说，感到有一种难以言说的亲切熟识的感觉。说亲切熟识，也许有点不敬，我觉得这位张先生的脸与泉镜花[③]极为相像。镜花先

---

① 三弦约在明代时从中国的福州一带传入琉球，约在日本永禄年间(1558—1570年)由琉球传入日本，经改良后成为日本的主要民族乐器之一，在演奏方法上与中国最大的不同是日本不用指套而用拨片。

② 落语，一种类似中国单口相声的日本曲艺。落语家，为表演落语者。

③ 泉镜花(1873—1939)，日本近现代小说家，代表作有《外科室》《照叶狂言》等，刊有《镜花全集》二十八卷。

生酣然微醉笑容可掬的时候，也常表现出这种天真淳朴的、极为可爱的眼神。满座哄堂大笑时，张先生的口舌显得越来越顺溜，眼神越来越发噱，闪烁出炯炯的光辉。这样一来就越加像泉镜花先生了。一般来说脸像的话声音也会有点像，张先生也是这样。就如同那时我想起来泉先生一样，现在我也常常想起张先生。

张先生唱完之后，响彻全场的鼓掌喝彩声经久不息。接着上场的是金小香小姐的大鼓。此鼓与日本的雏妓所敲的大鼓颇为相似，但比那更坦平些。大鼓的台架不是木制的，而是用铁做的，当然是站着击打，其形状犹如西洋的乐谱架一般，比较高。鼓棒也是两根，但细长犹如棍状。敲击的方法也很简单，并非日本式的将鼓棒交互挥扬，而是以鼓棒的一端轻轻地击打，其实击鼓是次要的，同时的演唱才是主要的。因此鼓声为唱腔所掩盖，几乎听不清，所以并不觉得有什么特别的技巧。金小姐一边唱一边将细长如棍的鼓棒摆弄出各种各样的姿态。这鼓棒与其说是用来击鼓，不如说是拿着摆样子的。唱的据说是《水浒传》或是《三国演义》中的一段戏，但到底不如张先生那么有味道。总觉得是在听净琉璃的女声伴唱一般①。

---

① “净琉璃的女声伴唱”原文是“女義太夫”，“義太夫”大致可理解为江户时期形成的偶人剧（净琉璃）的表演形式或流派，在偶人表演时会有人声伴唱。

忽然田汉君站了起来，提议为张先生干杯，接着又祝金小姐健康。然后又发表了长篇大论，我是一句也听不懂，只是时不时地加入了几句“谷崎先生”，我才渐渐意识到这是在为我致欢迎辞啊。这时大家渐渐地开始显出几分醉态。中国的干杯方式是猛地一口喝干的，然后大家犹如魔术师变换手法似的一齐将杯口朝下，以示“已经一滴不剩地全部喝光”；而且也不像日本人那样彼此互相斟酒。总之，我也像大家一样，一次又一次地做出杯口朝下的动作，站着一连喝了好几杯。我原以为绍兴酒喝多少都无所谓，把在座的人都满不当回事，结果我失算了。到了产地一带来品尝一下的话，绍兴酒也如同正宗的滩酒①一般酒味醇厚，和上等的日本酒一样容易醉人。

“来，日本人也来露一手，不能老叫中国人表演！”

不知谁说了一句。于是对面角落上开始唱起了《彻今宵》②。这是同样受到了此次邀请的冢本君、菅原君等一帮人在唱，令我大感惊讶的是很多中国人也在一起大声吼唱着。接着是欧阳予倩君唱了他自己在演的一段花旦戏，

---

① “滩酒”是日本兵库县滩这一地区出产的清酒，因其优良的水质和出色的酿造技术，自古以来被奉为酒中佳品。

② 《彻今宵》是明治末年至大正初期（1910年前后）的日本流行歌曲，源于兵库县筱山附近地区的盆踊歌，据云最初由东京高等师范学校教授亘理章三郎传授给旧第一高等学校的学生，后来在全国的学生间及花柳界传开。

声调柔美。全场的人静了下来细细地聆听。“《彻今宵》是学生的歌，应该唱真正的日本歌谣！”日本人方面又受到了“进攻”，于是冢本君唱起了日本的民歌。《新闻报》报道说：“于是冢本助太郎君再唱纯粹的日歌，其声呜呜然，诚为吾人所未曾闻也……”

“各位，现在由谷崎先生表演精彩节目。”

郭沫若君蓦地跳到了椅子上，一边击掌一边说。我一时不知所措，赶紧将他从椅子上拉下来。拉下来又跳了上去，跳上去又被拉下来。这时满堂掌声雷动。田君在一旁出主意说，已经没有退路了，表演节目不行的话也可做一下即兴演说。我请郭君做翻译，横了横心站了起来。

“这个——很抱歉我不会唱歌，因此就讲几句话吧。今天中国的新文艺运动竟已如此地兴盛，并且为了邻邦一作家的我举行如此规模空前的欢迎盛会，实在是未曾所料，真是不胜感激。而且今晚的聚会，汇聚了各位坦率真诚的青年朋友，不拘泥不讲究客套礼节，这种气氛实在是令人感到轻松而自由。我在年轻的时候，也曾数度与新进作家一起策划发起过这样的聚会，见了今晚这样的场景，不禁回想起往日的时光，真有无限的感慨。虽这么说，我还不是什么七老八十的老人。（此时未及翻译就笑声四起了。）我今日在此地受到了如此盛大的欢迎，恐怕在日本的文坛中谁也不会想到。一旦回国，我要把今晚的情景作为第一号的旅途见闻告诉给他们听，我想他们一定会感到大为惊讶。在此我不仅要表示我个人的，而且要代表日本的文坛向各位表示深切的谢意，但是日本文坛也是派别林立，我斗胆地说要代表这个那个文坛也许会遭到众人的痛责，算了，就仅表示我个人的感谢吧。（笑声，拍手大喝彩。）”

我落座后，担任翻译的依然站在那里继续说着什么，一问，才知他在讲：“我的翻译相当蹩脚，在座的既有懂日文的中国人，也有懂中文的日本人，就请大家多多包涵了。”他的话又引起了全场的一阵热烈的喝彩。

不久宴席上开始杂乱起来，人们纷纷离开坐席四处走动起来。隔壁房间里漂亮的手相师菱清女士正在给人看手相。有人说她看得挺准，于是郭君带头，大家都一窝蜂地涌到那里去叫她看手相。任矜苹君抓住我说，他拍了一部名为“新人的家庭”的电影，叫我明天去看。到这一段我还记得，再后来发生的事情就完全是混沌一片了。我被很多人抬起来抛到了空中，我自己又抬起别人往上抛。个子高高的唐震球君以英武的身姿在桌子之间跳起舞来。这个自己已经不知道了，后来听说那时我用英语、德语及各种乱七八糟的话朝着别人乱说。大概是让别人抬起来时，我说不要不要用脚乱踢什么地方，只模糊地记得当时觉得很疼。喝得酩酊大醉，郭君、菅原君、冢本君等扶着我上了汽车。车开得很快，人觉得一阵难受直想吐。中途在一处什么地方停了一下，据说是三菱的公司宿舍，好容易搭着别人的肩走上了楼梯，房间里烧着暖炉，胸口又是一阵难受想要吐。走到阳台上，觉得月夜的庭院中好像有网球场。人站着也觉得摇摇晃晃头晕目眩。然后再度由他们扶着上了汽车，这次是郭君一人陪伴，一直送我至旅馆。刚刚踏进自己的房间，终于真的吐了出来。郭君用冷水弄湿了毛巾敷在我的额头上……

翌日早上在床上醒来后，仍觉头晕目眩。到了浴室脱光衣服后，胫骨上擦破了皮，膝头上有处淤血肿了起来。裤子下面也有黑色的积血。这样严重的宿醉十年以来没有发生过，真正是开了一场消寒会。

（四）致田汉君的信函

田汉君：

我的《上海交游记》也啰啰唆唆地写得很长了，想起来，我自贵地游历归来，也过去半年了。此后你来信说，郭沫若君受广东大学之聘，已离开了上海，去了北京的欧阳君，最近又回到了上海的舞台，而你又和唐震球、唐越石诸君一起兴办了南国电影剧社这一电影股份公司，贵国的文坛也实在是春秋多事，大家都在各个领域里一展身手。你说你颇为筹措股金苦恼，不过在日本等地方，像你这样的新锐作家，即便是为了电影事业，自己来筹办一个股份公司，这是本身就是破天荒了，可以说有这样计划的人也没有，即使有这样的计划，这世上也没人理你。说句不客气的话，我原本认为你的这一事业有点悬，但是读了你四五天前给我的信，知道你在拍电影和办学校两方面都忙得不可开交，股金也筹措得差不多了，事业正在稳步发展，也颇感欣慰（这样说起来，也闻悉唐越石君带了你公司的胶卷前两天来到了日本，但是没有机会见面，深感遗憾）。贵国有年纪很轻的人就做了陆军大将和全权大使，所以青年文士开办股份公司，恐怕也就没有什么奇怪了。总之，不管做什么，都要好好做。我是没有持股能力的人，最多也就是在大海的这一边为你呐喊助威，内心祝你成功而已。

说起欧阳予倩君，想起旧历除夕之夜，你带了我去他的府上，和他的家人一起度过了辞旧迎新的愉快时光，此情此景，迄今难以忘怀。现在想起来，那和晚上在他的府上，按照贵国的习惯，只是最亲近的家人团聚在一起。那天晚上，以一家之主欧阳君为中心，还有他的母亲、夫人、弟弟、妹妹以及弟弟妹妹带来的朋友小唐和小刘，还有可爱的孩子们，大家聚集在一起，为了通宵迎接新年的到来，都穿上了过年的新衣服，就像日本人吃年糕汤一样，大家的面前都放好了鸭肉汤，团团坐在桌边。这时一个跟他们完全没有缘分的，而且又是外国人的我，虽然是你带过来的，很冒昧地来到了他们中间，是不是太过唐突鲁莽了？欧阳君倒也罢了，他的母亲、他的夫人、他的弟弟妹妹，他们好不容易欢聚在一起，正沉浸在过年的气氛中，这时突然一个外人闯了进来，一定打搅了他们吧。你在日本留学的时候，大概也有同样的感受吧，一个人漂洋过海，来到了举目无亲的陌生的土地，出人意料地被带到了欢乐的家庭聚会中，受到了温馨的款待，其内心的喜悦实在是难以言表的。不仅如此，除夕之夜全家人通宵无眠喜迎新春的习惯——这在日本的很多地方都渐渐消失了，而这样令人缅怀的习惯在贵国还留存着——甚至在上海这样受到洋风熏陶的现代都会里，依然还坚守着这样的风俗，目睹此景，实在令我生出很多的感慨。这是因为，我无法忘怀，在我幼小的时候，我也是这样满心欢喜地期待着新年的到来，在守岁的夜晚毫无困倦地等待着黎明的出现。那个时候的我，恰好也如那天在欧阳的府上所看到的几个孩童那样的年龄。那些孩子们，穿着漂亮的衣裳，当祖母、父母和叔叔姑姑打麻将时，他们呆在他们的身旁，或是在背后观战，或是在房间里跑来跑去，放着噼噼啪啪的鞭炮，或是跑到隔壁的房间去玩泥塑的电影放映机，真的是非常有趣。而在我模糊的记忆中，日本过去的除夕之夜没有那么热闹。在我孩童的心里，自然也期待着能尽快穿上过年的新衣，但在天亮之前穿不到饰有家纹的新的和服，而且那时候也不可能有放电影的玩具，跟中国不一样，已经分家的叔叔姑姑也不会带着孩子过来团聚。我们最多也就是让老用人或家里的帮工帮我们烤一点年糕，或是玩玩双六棋，以此来排遣睡意。跟那时的我们相比，那天晚上的孩子们要幸福多了。

此外，那天晚上，家家门前都在烧纸钱，这样的风俗，在日本当然也没有。我想起了盂兰盆节时烧的迎火，那也是非常令人怀念的，只是迎火的习惯，现在也渐渐地衰弱了。还有，七夕的乞巧奠，现在中国还盛行吗？这些古老的风俗祭祀，在日本已慢慢在消失了，很想到贵国去调查了解这些历史和风俗，或许对撰写历史小说，会是很好的参考素材呢。我在上次谈到料理的时候，说过在上海的小饭馆里见到了小时候吃惯的家常菜，而更让我沉浸在儿时的回忆里的，是那个除夕的晚上。一个人来到了遥远的中国，竟然使我怀想起了三十多年前东京的、住在日本桥的父母的面影，让我想要见一下那间幽暗的、用泥灰涂抹的房子的模样，这真的是怎样的一种因缘呀！欧阳的家里，虽然没有我日本桥的家中曾有的神龛和壁龛，但在桌子上也供奉着一叠年糕，燃着一对红蜡烛，像是在祭拜着什么神祇。墙上挂着词句吉祥的楹联，黄铜的火炉里闪烁着炉灰的星火。晚饭时已是一桌丰盛的酒肴了，到了夜半，又再次端出了酒和菜肴。在这期间还不断地向我递送茶水呀水果呀以及各种点心。我听说，这些食物都是来自欧阳的湖南老家，即便不是湖南出产，也是用湖南的手法做的，在日本也是一样，乡下人在城里过新年时，也会做自己家乡独特的年糕汤。在那样的夜晚，家里边最年长的人会显得比往常更加尊贵，我要是懂中国话的话，也想请欧阳的令堂大人给我说一句吉祥如意的祝福话语。我真想对这位“母亲”这样说：“我即使回到日本，父母也已不在了。在这样的日本，当然也不会有如此欢快的除夕之夜。也许会给您带来麻烦，但是请允许我这个远来的游子叫您一声‘妈妈’。”欧阳的母亲穿着黑色绸缎、毛皮里子的外套，那时我想，要是我日本桥的母亲，这时就会穿上黑色的饰有家纹的绉绸衣服了吧。欧阳的母亲，看上去也许比我所记得的日本桥的母亲要老一些，但她那摸牌出牌时的手势动作，她那皮肤粗糙关节突出的手指，头上戴着的小小的发髻，这一切，与生育养育了那么多孩子孙儿的“母亲”形象是多么吻合呀。

后来我听你说，欧阳的母亲书法很不错，尤其工于小楷，我知晓后觉得遗憾无比。那天晚上大家的纪念留言，以照相版刊登在了五月号的（日本）《女性》杂志上，你也已经看到了吧。要是那时知道欧阳的母亲工于书法，我无论如何也要请她给我写一个扇面，而且也要请欧阳的夫人留几个字。这位娴雅、年轻美丽的女诗人，那天晚上一再谦逊地推辞，最后未能请她留下文字。如果可能的话，拜托你再请两位挥毫留字，立即寄送给我。纪念留言的照相版，眼下正请经师屋在做，因为正值入梅，要半个多月才能完成，目前还没有裱装好。我时常会想起唐琳君的五言诗，有时会一个人暗自吟咏：“寂寞空庭树，犹发旧时花。一夜东风起，吹落委黄沙。落花安足惜，枝叶已参差。人生难相见，处处是天涯。”这首诗与那天夜晚的情景真是非常贴切，而且那声调，在我听来也十分地亲切。

哦，对了，那天年夜饭的餐桌上，沉湎于怀旧之情的不只是我一个人，你也是一个呢。后来你来到我的旅馆里，一再向我叙说亡妻的往事。在湖南省的乡下，你也有一位年迈的母亲，你和亡妻所生的孩子，也寄养在你母亲那边。你所寄赠给我的你亡妻的照片，以及所附的感想文，我也把它做成照相版发表吧。我想把你的文章翻译成夹有假名的日文，但有几个简略字我不会读，看不懂的字我就跳过去吧。翻译错了还请你多包涵。

民国乙丑年除夕，与谷崎先生谈亡妻易漱瑜女士，不觉万感交并。时余妻殁后方一周年，余滞居海上，是夜在老友欧阳予倩氏家中吃年夜饭，其家人相聚融融

> 泄泄□□□□，见状，谷崎先生大起怀乡之情，余尤感非常寂寞，盖未能见 Melancholia 之故也。袋中偶携有漱瑜之照片，因以此赠谷崎先生，以作纪念，并□其深厚之同情。①

因为有这样的情况，当时你完全是孑然一人，而且又正值你学校年末放假，这对我而言，实在是难得的良机。既无恋人又无家庭的你，几乎每天来访我。而且带我走了很多地方，看了很多地方。要是没有你的话，不要说消寒会，肯定没有机会与贵国那么多的人交游。对你这样的一个纯真的青年，我却让你知道了“新六三”、“新月”、跳舞场等无聊的地方，实在是觉得对不起你。在“新六三”注意到了袜子上的破洞的你，以后再也不要去“咖啡芭蕾”“王宫”那样的地方了吧。当然，我知道你也不会去了……

另，跟我亲密关系仅次于你的唐震球后来怎么样了？请你一定要向他，还有他的太太问好。新年时分，跟你一起去陈抱一君那儿要来的广东狗，两只都顺利地带到了日本，可惜其中一只被人偷走了，只有那只透黑的雌狗，非

---

① 此文应是用浅白文言写成，谷崎译成日文时，有难以辨读的部分，就以空格来表示，此处照日文留空。

常地灵巧，已经长得很大了，请你把这事告诉陈君夫妇。我在遥远的此地想象着，位于江湾的陈君[①]的那座宽阔的宅邸，春天一定很美丽吧。

将要搁笔之际，我对这次《改造》杂志的“中国号”上来不及刊登你的《获虎之夜》，感到十分惋惜。你《午饭之前》的原稿我已经读过，对你如此畅达的日文深感惊讶，但觉得作品还是带着一定的稚气。《获虎之夜》的中文我虽然看不懂，但是从同文书院的学生表演的这出戏来看，恐怕还是一出不错的戏剧。今后的你，既是事业家，又是教授、创作家，一定是极为繁忙，我要是再到上海来，你恐怕已无法像上次那样来陪伴我了吧。我衷心祝愿你的奋斗成功，并以这封信函来结束这篇“交游记”。

那么田汉君，再见了。

大正丙寅（一九二六年）六月三十日夜

---

① 即陈抱一。

译后记

这是一部旧译，大部分完成于1998年的初秋，恰是十九年前的往事了。其时我在日本国长野县上田市下之乡。原本译完后作为丛书之一拟由中央编译出版社出版的，译稿（当时是手写稿）已经寄出，不料风云突变，出版计划夭折，幸好我还留有大部分复印稿，它们随后的命运是被置于“冷宫”。我的心头虽时时萦怀此事，但一直未有付梓之日，心中只有满腔的无奈之感。后复旦大学出版社曾有意出版此书，又因版权问题而搁置。

此次幸得浙江文艺出版社的垂青，又因编辑周语的竭力奔走，书稿终于得以问世。

谷崎润一郎，中国读者对他还算比较熟悉，他的不少作品，也先后被翻译介绍到了中国，这里不再赘述。这里仅就与中国的因缘部分，稍作展开。

1918 年 10 月 9 日，他开始了第一次中国之旅，从朝鲜，经中国当时的满洲到达北京，再从北京抵达汉口，然后从长江坐船沿江而下，途中在九江登陆，游览了庐山，再行至南京，之后坐火车到苏州、上海，再由上海到杭州，12 月上旬从上海坐船返国。回国后陆续发表的《庐山日记》《秦淮之夜》《苏州纪行》《西湖之月》等，就是这次旅行的记录。1926 年 1 月 13 日，谷崎再度坐船来上海旅行，2 月 14 日回国，寓居沪上一月之久。《上海见闻录》和《上海交游记》记录了这次旅行的见闻和收获，由此，他与在上海的中国新文坛建立了联系。

1927 年 6 月，在南京政府总政治部宣传处任电影股长的田汉赴日本考察，在关西受到了谷崎的热情接待，“日饮道顿，夜宿祇园”，谷崎陪他在大阪、京都一带宴游，离开日本时，又到神户码头为他送行。1928 年春，陈西滢、凌叔华夫妇以北京大学研究院院外撰述员的身份去日本旅行，经田汉和欧阳予倩的介绍，在京都会见了谷崎。“在我们的印象中，这位日本文坛的骄子，完全是一个温蔼亲切而又多礼的法国风的作家，除了谈起日本文学时自然而然地在谦逊中流露出目中无人的气概外，丝毫不摆文

豪的架子。”（陈西滢《谷崎润一郎氏》）

由于此后中日关系的交恶，谷崎与中国友人之间几乎没有往来，他也没有再踏上中国的土地，但内心一直牵记着旧友。1956 年欧阳予倩率中国京剧团访问日本时，谷崎闻讯特意从热海赶到欧阳在箱根下榻的旅馆，畅叙阔别之情，欧阳也极为感动，当即赋长诗一首赠谷崎，开首的几句是这样的：“阔别卅余载，握手不胜情。相看容貌改，不觉岁时更。”欧阳当场用钢笔写出，抵达东京后再用毛笔书写，将纸卷请人送抵热海，谷崎将其裱装后挂在自己的居所今雪后庵的客厅里（详见谷崎润一郎《欧阳予倩君的长诗》），可见彼此的情缘之深。

由于岁月久长，当初目录中所有的《中国的菜肴》和《中国趣味》两文的译稿已经散佚，此次作了补译。

文中涉及日本文史及旧中国人物等的部分，译者作了一些注释，希望不是画蛇添足。

最后，谨对惠然出版此书的浙江文艺出版社表示衷心的感谢。

徐静波

2017 年 1 月 13 日

于复旦大学日本研究中心研究室

图书在版编目(CIP)数据

秦淮之夜/(日)谷崎润一郎著;徐静波译.—杭州:浙江文艺出版社,2018.3(2018.6重印)

(东瀛文人·印象中国)

ISBN 978-7-5339-5022-4

Ⅰ.①秦… Ⅱ.①谷… ②徐… Ⅲ.①散文集-日本-现代 Ⅳ.①I313.65

中国版本图书馆CIP数据核字(2017)第219069号

统　　筹:曹元勇
责任编辑:周　语
封面设计:人马艺术设计·储平
责任印制:吴春娟

秦淮之夜
[日]谷崎润一郎　著
徐静波　译

出版:浙江文艺出版社
地址:杭州市体育场路347号　邮编:310006
网址:www.zjwycbs.cn
经销:浙江省新华书店集团有限公司
印刷:上海中华商务联合印刷有限公司
开本:787毫米×1092毫米　1/32
字数:76千字
印张:5.75
插页:4
版次:2018年3月第1版　2018年6月第2次印刷
书号:ISBN 978-7-5339-5022-4
定价:38.00元